第1話「Stray dog～ナナにおまかせ!～」

Profile

ナナ・アスタ・デビルーク

デビルーク星第２王女。ララの妹。動物と心を通わせる能力を持つ。

黒咲《くろさき》芽亜《めあ》

ヤミのデータをもとに創られた生体兵器。紅茶には砂糖をたくさん入れる。

「好きなひとには　ぺろぺろするのか？」

「ナナちゃん。昨日《きのう》ね、わたし、子犬を拾ったんだよ。河原でね。わたしを見て、駆け寄ってきたの」

黒咲芽亜《くろさきめあ》がふふっと笑いながらそう言ったとき、ナナ・アスタ・デビルークは自分のことのようにうれしかった。

「へえ。よかったじゃないか。メア」

学校の休み時間。窓枠《まどわく》にもたれながら廊下でおしゃべりしている二人を、昼下がりの太陽が明るく照らす。

芽亜の髪が陽《ひ》に透《す》けて紫《むらさき》とも黒ともつかない色に輝いている。宝石のように綺麗《きれい》な髪だ。

「抱きあげると顔をぺろぺろしてかわいいのよ」

「メアが好きって言ってるんだよ」

「ふふっ。わたしも、チョコが好き」

「もう名前までついてるんだ？」

「うん。ブラックチョコとホワイトチョコでできてるみたいな子犬なの。ほんとうはわたしのマンション、犬を飼っちゃいけないんだけど、内緒で飼っちゃおうかなって思ってるんだ」

「その犬、一度見せてくれよ。飼う方法、何かないか、一緒に考えてみようぜ」

「じゃあさ、ナナちゃん。次の休みに、うちにおいでよ」

「うんっ。行く行くー」

「きゃあっ。楽しみっ」

ナナはこのとき、思ってもいなかったのだ。あんな騒ぎになるなんて。

☆

「メアのマンションに来るの、久しぶりだな」

ナナは、エレベーターの中で芽亜《めあ》に話しかけた。

「ナナちゃんがくれた家具のおかげで、部屋がかわいくなって住み心地がよくなったよ」

芽亜は瞳《ひとみ》をキラキラさせながら言った。

前に来たのは、家具をプレゼントしたときだった。何もない寂《さび》しい部屋でひとり暮らしをしている芽亜を見かねて、ナナが贈った。

春菜《はるな》に家具を選んでもらって、ナナが部屋の飾りつけをした。芽亜はとても喜んでくれた。今はどんな風《ふう》に変わっているのだろうか。

エレベーターが十八階で止まった。エレベーターから降りて、廊下を歩く。同じ形のドアがいくつも並ぶなか、芽亜がそのひとつの前で立ち止まり、鍵《かぎ》をあけた。

「チョコ。ただいま」

芽亜が犬の名前を呼びながら部屋に入ると、ボストンテリアの子犬がわふわふと声をあげながら芽亜にまとわりついてきた。黒に白い模様のあるとぼけた顔立ちの子犬で、大きな瞳がくりくりしている。

「あーっ。おまえ、マロンじゃないかっ」

春菜の飼い犬と同じ種類だ。

「マロンじゃないよ。わたしのチョコだよ」

芽亜は子犬を愛《いと》しそうに抱いた。首輪から垂《た》れさがっている引《ひ》き綱《づな》がゆらゆら揺れる。

「あはは。チョコ、ぺろぺろくすぐったいよ。寂しかったの？　エントランスに行って戻ってきただけじゃないの」

芽亜は犬に顔を舐《な》められ、まぶしそうに目を細めている。かわいくてならないとばかりの表情だ。

「ね？　かわいいでしょ？　チョコはわたしのトモダチなの。ナナちゃんがいちばんめのトモダチで、チョコはにばんめのトモダチ」

「触《さわ》ってもいいか」

「うん。触って触ってっ。チョコってぬくぬくふわふわで、触ってるとなごむんだよー」

犬に向けて手を伸ばしたナナは、熱いものにでも触れたように、ぴくっと手を震わせると、その手を引っこめ、立ちあがった。

――この犬、ヘンだ。心が通じない……。

ナナは、動物と心を通わせることができる。動物読心力は生まれつきの能力で、ナナにとっては息をするのと同じぐらいに自然なこと。ナナが心を読めない動物など、存在しないはずだった。

だが、チョコには心が通じない。これは犬ではない。犬の姿形をした別の何かだ。ロボットだろうか？　ロボット犬だとすると、愛玩《あいがん》用か軍用のどちらかだろうか。もしも軍用ロボット犬だとしたら、先の銀河大戦《ぎんがたいせん》で使われていたものだろうか。

――なんでそんな危険なものが地球にあるんだよ!?　捨てロボットなのか？

ナナはじりじりと後ずさる。

チョコの愛らしい外見の内側に、得体《えたい》のしれない怖《こわ》いものが潜《ひそ》んでいるように思えたのだ。

「メア……。その、犬……」

「どうかした?」

芽亜の輝くような笑《え》みを見て、ナナは言葉を呑《の》みこんだ。

言うべきではない。芽亜が悲しむ。芽亜のにばんめの友達が、軍用ロボット犬かもしれないなんて。まずナナがすべきことは、ほんとうにロボットかどうか、危険な存在かどうか確認することではないのか。

「どうしたの? ナナちゃん。そんなところに立ってないで入ってよ」

「そ、そうだな。ペットフード、買ってきたんだ。差し入れだよ。メアにはキャンディ」

ナナは、手にさげていた紙袋を差し出した。声がうわずってしまったが、しかたない。

「わーっ。ありがとう! うれしいっ」

芽亜は、紙袋の中から、棒つきのくるくるキャンディを取り出した。

「綺麗《きれい》な色だねー。食べていい?」

「もちろん」

芽亜はリビングのソファに座ると、キャンディを舐めはじめた。赤い小さな舌が、棒つきキャンディの表面を舐める。芽亜は幸せそうにふふっと笑った。

「おいしーっ」

「ペットフード、チョコにやってもいいか?」

「いいけど、チョコね、ペットフード、食べないの」

「そんなことないだろ？　少しは食べるんだろ？」

「ぜんぜん。ひと口も食べないよ」

「ちょっとだけ、あげてみてもいいか？」

「いいよー。でも、ほんとうに食べないんだよ」

ナナは、ペットフードの袋の封を切り、手のひらにざらざらと取った。

その手をチョコに向かって差し出す。チョコはぷいと顔を背《そむ》けた。

「み、水は飲むんだろ？」

「ううん。水も飲まないの。おトイレにも行かないよ。眠ったりもしないみたい。いつも起きてるよね」

水も飲まず、エサも食べず、トイレにも行かず、眠らない犬。

もう間違いがない。チョコは動物ではない。

手のひらから、ペットフードがぽろぽろと落ちて、じゅうたんの上で跳《は》ね返《かえ》る。

三角のテーブルにシックなソファ、ハートの花瓶敷《かびんし》き、月の形のおしゃれな時計、観葉植物、カラフルなクッション、チョコやキャンディを盛《も》った菓子皿。

女の子らしく飾られた部屋の真ん中で、ナナは顔をこわばらせて座っている。

――どうしたらいいんだ。どうしたら？

まだ、軍用ロボット犬と決まったわけではない。銀河ネットで調べてみよう。愛玩用かもしれないし、迷子《まいご》になったロボット犬を捜《さが》している人がいるかもしれない。

「ごめん。トイレ、借りていいか？」

「いいよー」

トイレに籠《こ》もり、デダイヤルで銀河ネットにアクセスし、「ロボット犬」で検索《けんさく》する。

だが、愛玩用ロボット犬を商品化している会社はたくさんありすぎて、チョコと同じ犬を見つけることはできなかった。

探しているうち、かつての銀河大戦で、軍用ロボット犬が使われていた記録が出てきた。

軍用ロボット犬は、それ自身が強力な兵器だという。画像は、チョコにそっくりだった。

ナナは真《ま》っ青《さお》になった。

もしもチョコが兵器ロボットだとしたら、芽亜が危険だ。

「どうしたの？　ナナちゃん、お腹《なか》、壊した？」

ノックの音とともに、芽亜の声が聞こえた。これ以上トイレに籠もると怪《あや》しまれる。

「大丈夫、なんでもないんだ」

ナナはフェイクのつもりで水を流してトイレを出た。

——芽亜、チョコは、犬じゃない。ロボットなんだ。それも危険な軍用ロボット犬だ。

言えない、そんなこと。芽亜がこんなにも喜んでいるのに。

——どうしたらいいんだ？　どうしたら？

ナナは頭の中で、相談できそうな人を次々と思い浮かべた。地球にいて、すぐに飛んできてくれる人がいい。

——モモはケンカしたばっかりだから相談したくない。姉上は優《やさ》しくて頼りになるんだけど、抜けたところがあるし、モモに言ってしまいそうだ。美柑《みかん》もリトもダメだ。地球人を巻きこんじゃいけない。

他に頼りになりそうな人がいるだろうか。策略《さくりやく》を巡《めぐ》らせるなんて、ナナにはできない。というより不可能だ。頭が痛くなってくる。

——あーっ。もうっ。いったい誰がロボット犬なんて捨てたんだよ!?

芽亜の手がチョコの頭を撫《な》でている。チョコは気持ち良さそうに目を細めている。こうしていると、ほんとうの犬に見える。

首輪がきらっときらめいた。

——そうだ！　首輪だ。

「首輪と引き綱、それメアがつけたのか？」

「ううん。元からだよ」

「だったら誰かが飼っていたんだよ。飼い主を捜して、飼い主のもとに返してやらないと」

飼い主捜しの名目《めいもく》で時間稼《かせ》ぎをして、ザスティンに頼もう。ザスティンは王室親衛隊《しんえいたい》の隊長だ。ザスティンに飼い主のふりをして回収してもらうのだ。芽亜はザスティンを知らないから都合《つごう》がいい。

そして、危険な存在かどうか調べてもらおう。危険な軍用ロボットなら、そのまま回収してもらってしかるべきところに処分を頼み、安全なら芽亜に戻してもらえばいい。

「えー!?」

芽亜は不満そうに唇《くちびる》を尖《とが》らせた。

「で、でも、犬はさ、やっぱり、飼い主のもとにいるのがいちばん幸せだと思うんだ」

ナナはしどろもどろで言った。

「幸せ？」

芽亜は、きょとんとした表情を浮かべて小首を傾《かし》げると、考えこむような仕草《しぐさ》をした。

そして、意味がようやくわかったとばかりに、ぱっと顔をほころばせ、にこにこと笑った。

「うん。そうだね。飼い主を捜すね。でも、飼い主がみつかるまでは、チョコはわたしと一緒だよ」

芽亜は犬に頬《ほお》ずりをした。犬が幸せそうにキュウンと鳴いた。

「なぁ、メア。チラシを作ろうぜ」

「チラシ？」

「ほ、ほら、地球って、まだ紙を使ってるだろ。チョコの写真入りの紙を作って、配って歩くんだ。『迷い犬預《あず》かっています。心当たりの方は電話してください』って書いて。電柱や塀《へい》にもチラシを貼《は》ろう。ポスターみたいに」

「そうだね……」

芽亜は残念そうな表情で犬を撫でている。罪悪感が胸を抉《えぐ》る。

――メア。ごめん。

☆

ナナはコンビニで、チラシをコピーしていた。

「迷い犬預《あず》かっています。お心当たりの方はお知らせください」という手書きの文字の下に、大きく引き延ばしたチョコの写真を貼《は》り、芽亜《めあ》のマンションの住所と名前、部屋番号を書いたチラシだ。

「へえ、同じ模様の紙が、いくつも出てくるよ。手品みたいだね、ナナちゃん」

素直《すなお》な驚きに瞳《ひとみ》をくるくるさせている芽亜は、無邪気《むじゃき》でかわいい。

芽亜には生まれたての赤ん坊のような部分があり、誰でも知っていることを知らなかったりする。ナナが説明すると、素直に感心してくれる。

無垢《むく》で無心、ピュアで純真、執着《しゅうちゃく》がなく無邪気、真っ白な女の子。それが芽亜という存在だ。

「あたしも知らなかったけど、美柑《みかん》が教えてくれたんだ」

宇宙では画像データやホログラムを使うのが普通で、紙媒体《かみばいたい》で情報をやりとりすることはめったにない。王族のパーティの招待状など、仰々《ぎょうぎょう》しさを演出するときに使われる程度だ。

ナナはコピーの一枚を手に取った。犬の写真はとてもかわいく撮《と》れていて、この愛らしい犬が、危険な軍用ロボット犬かもしれないなんて、いったい誰が信じるだろう。

犬はコンビニに連《つ》れて入れないので、チョコは入口のところでうずくまっている。引《ひ》き綱《づな》は、カプセル玩具《がんぐ》の自動販売機の足にくくりつけてある。

ほんとうは、チョコを連れてきたくなかった。部屋の中に置いて出たのに、いつのまにか芽亜のあとをついて歩いていたのだ。

芽亜は何の疑問も持たず、犬をなでなでしていたが、鍵《かぎ》をかけた部屋から脱出できる能力は、やはり軍用ロボット犬だからだろうか。

ナナは、そっとコンビニの外に出ると、手に持っていたコピーの余白に、ボールペンを走らせた。

『ザスティンへ。この犬はどうも軍用ロボット犬らしいので、飼い主のフリをして迎えに来てほしいんだ。もしも危険な存在だったら処分を頼む。ナナより』

そして、デダイヤルでメッセンジャー・ハムスターを呼び出す。背中にリュックを背負《せお》ったメッセンジャー・ハムスターは、ビーズのような黒い瞳でナナを見上げて、何か用事？　というように小首を傾《かし》げた。

「この手紙をザスティンに届けてくれ。ザスティンだ。わかるな？」

紙を小さく折ってリュックに入れる。

ハムスターは、わかった、という風《ふう》にうなずくと、走り出した。

「がんばって届けてくれよな……」

短いしっぽを振りながら、ぬいぐるみのような丸いお尻《しり》が走り去っていく様子は、自信にあふれてみえ、ナナは少しだけ安堵《あんど》した。

「ナナちゃん。コピー、終わったよー」

芽亜がコピーの束《たば》を持ってコンビニを出てきた。

ハムスターを見られたのではないかとどきっとするが、芽亜の顔にはいつも通りの無邪気な笑《え》みが浮かんでいるだけだ。

「チョコ、お待たせ」

チョコの引き綱を持つ芽亜と肩を並べて歩く。

なるべく人気《ひとけ》の少なそうな、それでいて芽亜に怪《あや》しまれない程度に、人がいるところがいい。なにしろチョコは、兵器ロボットかもしれないのだから。

☆

――ここならいいかな。

ナナは足を止めた。河原だが、駅に通じる道で、人通りは皆無《かいむ》ではない。

「そろそろ配ろう」

「そうだね」

「迷い犬保護していまーす。お心当たりの方はいらっしゃいませんかー。お願いしまーす。この子の飼い主を捜《さが》していまーすっ」

ナナは必死に声を張りあげるが、芽亜《めあ》は、チョコの引《ひ》き綱《づな》を持ったまま、きょとんとしてナナを見ている。ナナがなんで必死になっているのかわからないのだろう。芽亜はチョコがロボット犬だとは知らないのだからしかたがない。

道行く人は、目の前に突き出されたチラシを見て、次にチョコを見て足を止めた。

「あら、かわいい。迷い犬ってこの子なの？　触《さわ》っていい？」

「いいよーっ」

「ダメだっ」

止めようとして飛び出したところ、足がもつれて転んでしまった。

「ナナちゃん。大丈夫？　何がダメなの？」

芽亜がびっくりした顔で聞きながら、手を貸してくれた。芽亜の手にすがって立ちあがる。

「あーっ。えっとその、転びやすいから気をつけてねって言いたかったんだ」

知らない人に近寄られ、触られそうになったチョコは、いやそうに首を振り、後ずさって、芽亜の後ろに隠れる。芽亜は犬を抱きあげた。犬は芽亜にしがみついて震《ふる》えている。

「あなたを飼い主だと思ってるみたいね。このままあなたが飼っちゃえばいいのに」

芽亜はチョコを抱き、不思議そうに小首を傾《かし》げるばかりだ。

メッセンジャー・ハムスターは、ちゃんとザスティンのもとについただろうか。ザスティンは漫画家のアシスタントをしている。忙しい仕事らしいが、大丈夫だろうか。

そんなことを考えていると、ヤミがたいやきを食べながら歩いてくるのが見えた。ナナは手をぶんぶんと振った。

「おーいっ。ヤミじゃないかぁっ」

ヤミはナナを一瞥《いちべつ》して、芽亜に視線を移すと、じっと立ちつくした。

芽亜も、ヤミに対峙《たいじ》すると、無言で見つめあった。

「どうかしたか？　二人とも。変な顔して」

ナナは聞いた。

「いいえ。何でもありません」

「何でもないよー」

「プリンセス・ナナ。それは西連寺《さいれんじ》春菜《はるな》の犬ですね。散歩ですか？　春菜はどうしたのですか？」

「迷い犬だよ。同じ種類みたいだけど、マロンじゃない。メアが拾ったんだ。飼い主を捜しているんだ」

「心配そうな顔ですね」

ヤミは、自分が食べていたたいやきを、芽亜が抱いている犬に向かって差し出した。

「食べますか？」

チョコはくんくんしただけで、ぷいっと顔を背《そむ》けた。

そして、おろしてくれ、という風《ふう》に、わんっと鳴いた。芽亜は、犬を地面におろした。

チョコは、ヤミの足をくんくんし、おでこをこすりつけて甘える。

「飼い主が見つかればいいですね。プリンセス・ナナ」

ヤミは、たいやきの入った紙袋を芽亜に押しつけると、踵《きびす》を返した。

紙袋を受け取った芽亜は、たいやきを袋から出して太陽に透《す》かすようにしながら、しげしげと見つめている。

そのとき、異常が起こった。犬の姿が不定形に揺れ、銀の粘土《ねんど》のようにぐにゃぐにゃになったかと思うと、銀の触手《しょくしゅ》が持ちあがり、ヒトの形をとりはじめた。

ナナは後ずさった。

――まさか変身能力まであるなんて……。

チョコは、銀のゼリーのように揺れながら、ヤミそっくりに変貌《へんぼう》した。首輪と引き綱はそのままなのがあやしげだ。

心臓がどきんどきんと大きな音を立てた。ヤミそっくりに変貌したチョコは、あっという間に色がつき、豪華な金髪と白い肌《はだ》、黒のミニドレスを着た少女になった。寸分《すんぶん》たがわぬヤミがそこにいた。まるでコピーしたかのようにそっくりだ。

気配を感じたのだろう。遠ざかっていくヤミの背中に緊張感が走る。そしてバッと振り返った。ヤミの全身から殺気が漂う。

その瞬間、コピーヤミの姿は崩《くず》れ、チョコはあっという間にボストンテリアに戻った。

今見たものは夢だったのかと思うほどの一瞬の変貌だ。

ヤミは、「あれ？ 勘違《かんちが》いだったのかな？」というような表情を浮かべ、首を振った。緊張をほどいて歩き去っていく。

チョコは、姉のララのドレスを形作っているペケと同じ原理で作られているのではないか。万能コスチュームロボットのペケは、さまざまなデザインの洋服にチェンジすることができる。ペケは、ナノテクノロジーによる粒子多結晶《りゅうしたけつしょう》ロボットだ。

——ザスティン。早く来てよ！　お願い!!

芽亜はたいやきをおいしそうに食べていて、チョコの変身には気づいていないようだった。

☆

「飼い主、出てこなかったねー」

ナナの横を歩く芽亜《めあ》が言った。さして残念そうでもない、さばさばした口調だ。

夕方になり、二人とも、くっきりした長い影を従えている。

歩く動作につれて形が変わる黒い影は、さっきスライムのようにうごめいたチョコの変身を思い出させて、ナナをドキドキさせた。

「たくさんチラシを撒《ま》いたし、電柱にも貼《は》ったろ。だからきっと飼い主が出てくると思うんだ」

「わたしはどっちでもいいや」

ナナは芽亜の横を歩いているチョコを見た。

夕陽《ゆうひ》に照らされて毛を赤く輝かせているチョコは、どこから見ても普通の犬に見える。

チョコが変身し、ヤミの姿をコピーしたことを、芽亜は知らない。

芽亜と犬が一緒に暮らすのはいかにも危険だ。大事な友人を、危険なめにあわせたくない。ザスティンに犬を託《たく》して、危険がなくなるまで見届けたい。

「メア、今晩、泊まっていいか？」

「うん。ナナちゃん。泊まって泊まって！　あ、でも、食べるものないよ。わたしはキャンディとジュースがあればそれでいいけど」

「そんなんじゃだめだ。元気が出ないだろ？　サンドイッチとか、買いに行こうか？」

「そうね」

二人で肩を並べながら、商店街に向かって歩いていく。

途中で、結城邸《ゆうきてい》の前にさしかかった。

「あたし、今晩メアん家《ち》に泊まるって言ってくる」

「ん。待ってるね」

玄関のドアを開けた瞬間、どたどたと足音がして、リトがすごい勢いで外にまろび出てきた。

「止まんねぇんだーっ。ごめんんっ！」

リトはそのままの勢いでナナに向かってタックルした。

ナナは、よけるまもなくリトに押し倒されて、仰向《あおむ》けに転んだ。リトの手のひらが胸乳にあたり、彼の鼻先が、ナナの股間《こかん》の真ん中に埋《う》まっている。

手のひらサイズのほのかなふくらみをわしづかみにされ、胸の奥がキュンキュンとうずいた。ふくらみかけの胸は感じやすくて少し触れただけでも痛むのだ。

「触《さわ》るなっ。バカリトーッ！」

「ごめんっ。ナナだったのか」

胸を揉《も》んでおきながら『ナナだったのか』なんてほんとうに失礼なヤツ！　怒《いか》りと羞恥《しゅうち》で顔がかぁっと熱くなる。

「どうせぺったんこだとか思ってたんだろ!?」

殴《なぐ》ろうとしたが、握《にぎ》り拳《こぶし》がスカッと空中を泳ぐ。

リトがスッと立ちあがり、靴も履《は》かずに家の壁を垂直に駆けあがっていく。まるで忍者だ。

「ララっ、こ、この足、止めてくれっ」

「わーっ。素敵っ！　せんぱい、すごいねー」

芽亜が楽しそうに手を叩《たた》く。

重力を無視したリトの異常な脚力《きゃくりょく》は、たぶん、姉の発明品の暴走だ。

「リトーっ。ニンニンソックスくんを脱《ぬ》いでよーっ。そしたら止まるから」

玄関から出てきたララが叫ぶ。屋根の上のリトが叫び返す。

「走ってる最中にソックスが脱げるかよー。運動不足なんて言うんじゃなかった。もう、運動はじゅうぶんだぁっ!!」

「姉上……っ!!」

「んっ？　どうしたのナナ？」

ほんとうはチョコのことを、ララに相談したかった。だが、相談できる状況にない。

「ごめんね。いま、手が放せないから……。そうだ。ペケ、お願いね」

ララはペケバッジを投げて寄越《よこ》した。ナナはあわててキャッチする。

「ララ、うわっ、や、屋根から、落ちそうだっ。ぎゃああっ」

姉は「よいしょっ」とかけ声をかけて膝《ひざ》を曲げると、屋根の上に飛びあがった。

ナナはぽかんとするばかりだ。

——ま、まぁ。ペケがいてくれると安心かも……。

ペケはララの執事《しつじ》的な存在だ。それにペケなら、チョコのこともわかるかもしれない。

相談に乗ってもらえそうだ。

胸にバッジをつけようとして、やっと気づいた。

バッジの模様は、いつもはぐるぐるうずまきなのに、下向きの弧《こ》を描いた一本線になっている。

「ペケ、ね、寝てる……充電中か……」

「うん。でも、すぐ起きるよー。そろそろ充電終わるはずだから」

屋根の上でリトのソックスを脱がそうと格闘しているララが叫んだ。

だが、奮闘《ふんとう》むなしくリトはまた屋根の上を駆けていく。

「リト、待ってぇっ」

ララがリトを追って走っていった。姉に向かって叫ぶ。

「姉上、あたし、メアん家泊まるからっ！」

屋根の上のララは、片手をあげて「わかった」という風《ふう》に、合図して見せた。

「ペケ、……その、よ、よろしく……」

ペケは返事をしなかった。ぐっすりと眠っている。

視線を感じた。チョコの黒い瞳《ひとみ》が、ペケバッジをつけたナナを、いや、ペケバッジそのものを、じっと見つめている。

☆

「おいしいねー」

「うんっ。おいしいっ」

二人は、サンドイッチを食べながら笑《え》み崩《くず》れた。

ベーカリーショップで買ったサンドイッチを皿に移《うつ》し替《か》えただけの簡単ディナーだが、

友達と一緒に食べる夕食はおいしい。

美柑《みかん》の作ってくれる料理のほうが、味という点ではずっと上なのだが、友達と二人で食べる楽しさがスパイスになって、市販《しはん》のサンドイッチをやたらおいしく感じさせる。

サンドイッチの皿に添《そ》えているサラダだけは手作りした。レタスを洗って手でちぎり、お皿に盛《も》るだけだから簡単だ。

「この紅茶、いい香《かお》りだね」

「ああ、これ。春菜《はるな》がくれたんだよ。お姉さんのイギリスみやげだって」

芽亜《めあ》は、ナナが注《つ》いだ紅茶の香りを楽しんだあと、砂糖を山のように入れはじめた。

「わたし、砂糖いっぱい入れるのが好きなんだ」

芽亜はマグカップに角砂糖を入れてはスプーンでかき混《ま》ぜている。

足に、何かが触れた。下を見ると、メッセンジャー・ハムスターがナナの横にいた。

ハムスターは得意そうな表情でひげをぴくぴくさせながらナナを見上げている。「偉《えら》いでしょ？　誉《ほ》めて誉めて」とそう言っている。手紙はちゃんとザスティンに届いたのだ。

——よかった。ありがとな。

ナナはハムスターと心の中で会話した。

「どうしたの？　ナナちゃん？」

テーブルの向こうのソファに座る芽亜が、スプーンを動かしながら聞いた。ナナは、まだ何か言いたそうなハムスターを、デダイヤルを操作して仮想動物園に転送した。

背中にリュックを背負《せお》ったハムスターの姿がパッと消える。

「メア、砂糖、そろそろいいんじゃないか？」

芽亜は溶《と》けきらなかった砂糖をスプーンですくってぺろっと舐《な》めた。

「ふふっ。甘くておいしーっ。わたし、紅茶の砂糖って大好き」

芽亜の笑顔を見ていると胸が痛む。

ナナが犬を回収してもらおうと腐心《ふしん》していることを、芽亜は知らない。

――ごめんね。メア。ごめん。

デザートの苺《いちご》を食べ終わり、皿を洗うと、シャワーを浴びてパジャマタイムのはじまりだ。不気味なロボット犬がいなければ、友達と二人きりの楽しいお泊まりだったろう。

――ザスティン、まだなのかよ！　もうそろそろ六時じゃないか。

窓の外は陽《ひ》が暮れる前の明るい色に染《そ》まっていて、オレンジ色の夕陽がもうすぐ夜だと伝えてくる。

「さてと。ちょっと早いけど、パジャマを用意してくるね。洗濯したのがあるからナナちゃんはそれを着てね。下着もいるよね。買ったばっかりのがあるんだ。ナナちゃん、サイズ、わたしと同じぐらいだよね」

芽亜は手ぶらでやってきたナナのために、寝室とリビングを往復し、新しいショーツと洗濯したてのパジャマをそろえてくれた。

「うん。ありがとう。メア」

そのとき、ちいさなあくびの声が聞こえた。

「あふう」

胸のペケバッジの瞳《ひとみ》が、下向きの弧《こ》を描いた一本線から、ぐるぐるうずまきに変わっている。

「あ、起きたんだ？　ペケ。今、どこにいるかわかるか？」

「はい。ナナ様。眠りながら聞いておりました」

そのとき、芽亜の足下《あしもと》でうずくまっていたチョコが突然反応した。

わふわふと声をあげながらナナに向かって駆け寄ってきた。そして、膝《ひざ》の上に飛び乗ると、胸のペケバッジをふんふん嗅《か》いで、べろっと舐めた。

「きゃあっ」

ナナは、思わず椅子《いす》から立ちあがった。

「どうかしたの？」

「な、なんでもない」

芽亜は不思議そうに小首を傾《かし》げた。

「ナナちゃん、もしかして、チョコが嫌い？」

「びっくりしただけだ」

「ふぅん」

芽亜はきょとんとして小首を傾げている。

「先にシャワー浴びてきていいか？」

芽亜のいないところで、ペケと話したかった。チョコが危険かどうかだけでもペケに聞きたい。ペケなら何かわかるかもしれない。バスルームでお湯を流しながらだと、芽亜に聞かれずに話せる。

用意してもらったパジャマを抱《かか》えて立ちあがると、芽亜がいそいそと言った。

「わたしも一緒に入る。だって、トモダチだもん」

——うっ。ペケと話せない……。で、でも、メアとチョコは引き離せる……。ペケ、チョコを見張っててくれ！

「うんっ。いいよ。一緒に入ろう」

「チョコ、シャワー浴びてくるから、待っててねー」

チョコはわかってる、と言いたそうに、しっぽを振って合図した。

「こっちだよ。ナナちゃん」

芽亜がナナの手を握《にぎ》ってきた。温かい小さな手だ。ナナは引っ張られるまま脱衣所に行く。

「ふふっ」

芽亜はさばさばした仕草《しぐさ》でカットソーを脱《ぬ》ぎ捨《す》てて、上半身裸《はだか》になった。

「ノーブラなのか?」

「うんっ。だって、ブラは肩が凝《こ》るんだもん」

ほっそりした首、鎖骨《さこつ》のくぼみ、すべすべの白い肌《はだ》、遠慮がちな大きさの胸のふくらみ。胸乳の先端で、小さなピンクが尖《とが》っている。

——メアのほうが、あたしより胸が大きいんじゃないか? 同じぐらいのサイズだと思ってたんだけどなぁ。

ついしげしげ見てしまったところ、芽亜がにこやかに笑いかけた。

「どうしたの?」

「メアのほうが、胸が大きい……。わーっ。い、今のナシ」

自分で言っておきながら、顔が赤くなってしまう。

「比《くら》べっこしようか。ナナちゃんも早く脱ぎなよ」

「そ、そうだな」

ナナは、タンクトップを脱ぎ捨てた。スポーツブラに包まれた上半身が露《あら》わになる。細い肩に鎖骨のヘコミ、少年めいた細い身体《からだ》を、スポーツブラが飾っている。

「ナナちゃんとわたしって、同じぐらいのサイズだよね」

ナナのつけているスポーツブラは、内側に分厚《ぶあつ》いカップがついていて、胸をふんわりと包みこんでくれるから、サイズが大きめに見える。

ブラをつけたナナと、ノーブラの芽亜のサイズが同じということはつまり、ナナのほうが小さいということで……。

スポーツブラを取るのが、突然恥ずかしくなってしまった。

「どうしたのよ。ナナちゃん。早く脱ぎなよ」

「ブラも、そのう、脱がなきゃいけないのか？」

「シャワーを浴びるんだから、トーゼンでしょ」

芽亜は、ナナがどうしてためらっているのかわからないらしく、不思議そうに目を見開いている。

「えっと、その……、い、いま、ブラ、取るからなっ」

ナナは、エイッとばかりにスポーツブラを脱ぎ捨てる。ほんのり隆起《りゅうき》した、あるかなきかの微乳《びにゅう》が現れる。

芽亜が胸をじっと見て言った。

「んー。……ナナちゃんの胸もかわいいよ」

「は、恥ずかしいだろっ」

「ふふっ。先に入るねっ」

芽亜はボタンの形の髪飾りを取ると、みつあみに結《ゆ》った髪をしっぽのように揺らしながら、バスルームへと入っていく。彼女はもうショーツまで脱ぎ捨てて全裸《ぜんら》になっている。

すぐにシャワーの音がして、曇《くも》りガラスのはめこまれたドアが湯気《ゆげ》で煙《けむ》っていく。

ナナがバスルームのドアを開けると、シャワーの湯が顔面を襲《おそ》った。

「きゃっ」

「ふふっ」

「もう、メア、ふざけるのはよせよ」

芽亜がふざけてシャワーのノズルをナナに向けるものだから、きゃあきゃあ悲鳴をあげてしまう。

シャワーを持ってはしゃいでいる芽亜は、ほんとうにかわいい。のびやかな身体がお湯の滴《しずく》をはじいて、ミルク色に輝いている。

ナナは自分の身体を見た。ふくらみかけの胸に、細くて長い手足。花でいうならまだ固いつぼみの未熟《みじゅく》な肢体《したい》。芽亜のほうが、ナナよりずっとオトナっぽい感じがする。

「ふふっ。ナナちゃん。背中向けていて。私、洗ってあげる」

芽亜は、シャワーのコックをひねってお湯を止めると、アワアワさせたボディタオルで、ナナの背中をこすりはじめた。

「ありがとう。……んっ、ちょっと、くすぐったい」

「これも洗わなきゃね」

芽亜の細い指が、感じやすいしっぽを持ち、ボディタオルを持った手でしゅっしゅっと前後にこすりはじめた。

「ひゃんっ、だ、だめぇっ……ソコ、らめぇっ！」

ナナはぶるるっと身体を震《ふる》わせた。

デビルーク星人であるナナにとって、しっぽは弱いところで、いじられると感じてしまう。くすぐったいような、それでいて甘く溶《と》けていくような、そんな感触に翻弄《ほんろう》される。

「だって、しっかり洗わないと」

芽亜はしっぽをさんざん洗ってナナに悲鳴をあげさせてから、ナナの背中に抱きつくと、首筋《くびすじ》にキスをして、うなじをぺろっと舐めた。

「ひぁっ……あ、んっ……メア、な、何を、してるん、だ？」

熱くて柔《やわ》らかい舌の感触にぞくっときて、甘くせつない戦慄《せんりつ》が背筋《せすじ》を伝いあがっていき、ぱんと音を立てて脳裏《のうり》ではじける。

芽亜の胸のふくらみの先端が、背筋につんとあたっている。

「だって、好きな人にはぺろぺろするんでしょ？　わたし、ナナちゃん、好きだもん」

「そ、それは……んっ、んん……っ、く……あぁっ」

芽亜の毛先が肩のあたりに触れるくすぐったさと、芽亜の身体が背中に密着する温かさ、耳を舐められるひやっとした感覚が絡《から》みあって、ひくっと身体が震えた。

——ヤバイ。どうしよう。ヘンな気持ちになっちゃう……。こんなこと、やってる場合じゃないのに……。

女の子同士、ふざけあっているだけなのに、いけない気持ちに悶《もだ》えてしまう。

身体を震わせるたびに、ボディシャンプーで滑《すべ》りがよくなった芽亜の全身が動き、ツンと尖った乳首が背筋をこすりながら押してくる。

芽亜は、ボディタオルを動かして、ナナのお腹《なか》や胸を洗いはじめた。

「あっ、……ぁっ。んん……っ」

他人に身体を洗ってもらうことが、こんなにもくすぐったくて恥ずかしいなんて知らなかった。

「あ、あたしも、メアを洗ってやるぞっ」

あやしい気分をふりほどきたくてナナが言うと、芽亜がぱっと抱擁《ほうよう》をほどいた。

「ありがとう。ナナちゃんっ」

ナナはフォークダンスのようにくるっと回って入れかわると、芽亜の背中をきゅっと抱きお腹に手をあてて、首筋にキスをした。

「ひゃあんっ」

芽亜がぶるぶるっと身体を震わせた。耳たぶが赤く染《そ》まり、白い肌のアクセントになっている。

ナナは芽亜の耳にふぅーっと息を吹きかけた。

「もう、ナナちゃんってばっ。くすぐったいよぉーっ」

「さっきのおかえしだぞーっ。メア。くすぐってやるぞ。えいえいっ」

ナナは唇《くちびる》を尖らせてふーふーと息を吹きかけながらお腹のあたりをくすぐった。

「あっ、あーっ」

芽亜が反応してくれるのが楽しくて、くすぐる手つきが熱心になる。触れるか触れないかのタッチで、脇腹《わきばら》を指先で撫《な》でると芽亜の身体がびくっと震える。

寄せた眉根《まゆね》をせつなくあげて、口唇《こうしん》を半開きにしてあえぐ芽亜は、エッチっぽくってとてもかわいい。

「ナナ様ーっ」

甲高《かんだか》いデジタルな音声に名を呼ばれ、ナナははっとした。

「ペケ、どうかしたか?」

「エントランスのブザーが鳴っていますぞ」

「なに!?」

――よかった。ザスティンが来てくれたのかも!

飼い主のフリをして回収に来てほしいとザスティンに頼んだ。ザスティンはちゃんとお願いを聞いてくれたらしい。

「チョコの飼い主が来たのかもな」

「えーっ。来ちゃったの。やだなぁ」

「飼い主のもとに戻るほうが、チョコは幸せだろ」

「うーん。そうだね」

お湯で泡を流してから、バスルームから急いで出る。競《きそ》いあうようにしてバスタオルを巻きつける。

芽亜が先にリビングに出た。廊下の床に、濡《ぬ》れた足跡《あしあと》がてんてんとついていく。

芽亜は、壁にはめこまれているモニターフォンの受話器を取った。チョコが芽亜の足下にまとわりつく。

「はーいっ。あ、チラシを見たんですか？　チョコの飼い主さんかもしれないんですね？　鍵《かぎ》、開けまーす」

モニターフォンには、背広にネクタイの男性が、流線型の犬用ケージをさげて立っている様子が映っている。顔かたちまでは見えないが、ザスティンの変装らしい。

たしかに王室親衛隊《しんえいたい》の隊服より、くたびれた寝間着みたいな仕事着より、スーツ姿のほうがきちんとしてみえる。

「メア、だめだって！　あたしたち、こんな格好《かっこう》なんだぞ」

あわてて注意する。

「平気だよ。わたし、恥ずかしくないから」

「だめに決まってるだろっ！　服を着ろーっ」

「そっか。なんか着なきゃ」

ナナは芽亜とともに急いで脱衣所に戻り、ショーツとスポーツブラをそそくさとつけた。

そして、ペケバッジを手にとった。

ナナはショーツとブラだけの半裸《はんら》で、ペケに頼む。

「ペケ、フォームチェンジ、してくれ。いつものホットパンツとタンクトップ姿で」

「了解です。ナナ様」

ペケバッジが瞬時に変貌《へんぼう》した。バッジが虹色《にじいろ》に輝き、光のかたまりが揺れながら、ナナの身体の周囲にまとわりつく。

やがて光のきらめきが消え、ホットパンツとタンクトップの確かな服の感触が、ナナを包んだ。姉は、全裸でドレスフォームしているが、ナナとしては下着ぐらいはつけておきたい。

「すっごーいっ」

芽亜が驚きに目を丸くしている。

「メア、あたしが応対するよ」

「うん。お願い」

チョコがしっぽを揺らしながら脱衣所に入っていった。芽亜の細い腕がドアを閉め、チョコと芽亜の背中を隠す。

——あっ、チョコ、入ってしまったっ。

やばいと思った瞬間、ベルが鳴った。今度のは玄関のインターフォンだ。

「はい」

ドアを開けると、スーツ姿の男性がいた。犬用ケージをさげている。そのケージの流線的なデザインは、カプセルやロケットを思わせた。

——ザスティンじゃない……。

きちんとした身なりの男性だ。会社員か公務員のようにも見える。なのに、どこか違和感があるのは、スーツにそぐわない巨大なリュックを、背中に背負っているせいだ。

「迷い犬のチラシを見たんですが、僕の飼っているワンちゃんじゃないかと思うんで、見せていただきたいんですが」

バスルームのドアを開けて、芽亜が出てきた。髪はまだ濡れているものの、ホットパンツとカットソーに着替え終わっていて、チョコを胸に抱いている。そのまま玄関先までやってきて、ナナの横に立つ。

「チョコ、飼い主さんなの？」

芽亜が聞いた。チョコは知らん顔だ。来客を見ようともしない。

「ワンちゃん。僕だよ」

公務員風《ふう》の男が、芝居《しばい》めいた口調で言いながら、犬の頭を撫でようとして手を伸ばした。

ナナは祈る気分でそれを見ていた。このヒトが、ほんとうにチョコの飼い主であればいい。そうしたら、芽亜を傷つけることなく、犬を引き離すことができるのに。

だが、公務員風の男の手は、犬を撫でることはなかった。犬はいやがって首を振り、あげくに、ウウウと喉《のど》の奥でうなり声をあげて威嚇《いかく》したのである。

――違う。飼い主じゃない。コイツは何の目的でチョコを盗《と》ろうとしているんだ？

芽亜は犬を抱いたまま、後ろへ飛びすさった。

「あなた、誰？　チョコの飼い主じゃないよね。チョコをどうするつもりだったの？」

芽亜は犬をきゅっと抱き、公務員風の男を睨《にら》んだ。

胸に抱いているチョコが、芽亜の怒《いか》りに反応したのか歯をむき出してうなり声をあげる。

「壊してあげようか？」

芽亜はひんやりした声で言った。怒気《どき》をたっぷりふくんだ低い声だ。キラキラした瞳が危険な色をたたえて細められる。

ナナは、芽亜の前に回りこみ、両手を広げて立ちふさがった。

この男は、ナナが連《つ》れてきてしまったようなもの。チラシを配らなければコイツはここに来なかった。芽亜とチョコを守らなくてはならない。

「出て行けっ。チョコはメアの犬なんだっ。メアはあたしの友達で、チョコはメアの友達なんだ！」

ナナは叫んだ。背後で芽亜がびくんと震《ふる》えたのが気配でわかった。

「どいてください。あなたを傷つけないと約束します」

「名前を名乗れよっ」

「申し遅れました。こちら名刺《めいし》でございます。私の名前はピューロ・クラート。銀河役場《ぎんがやくば》地球支所すぐやる課所属の公務員です。その犬を保護しに参《まい》りました」

意外なことを言われてとまどってしまう。銀河役場の公務員が、身分を詐称《さしょう》してやってくるだろうか。

もしもほんとうに役場の公務員だったとして、ロボット犬の回収に来たのならまだわかるが、保護をしに来たというのはどういう意味だ？

「保護って？」

「稀少《きしょう》生物保護育成条例により保護します」

生物？　違う。チョコはロボット犬ではないのか。

「おまえ、ほんとうに銀河役場のヤローか？　名刺なんていくらでも偽造《ぎぞう》できるだろ？」

「こちらＩＤカードでございます」

公務員は、腕時計を操作して、空中にIDカードのホログラムを表示して見せた。たしかに銀河共通語で、『銀河役場地球支所すぐやる課　ピューロ・クラート』と書いてある。

「偽造だろ」

「IDカードは偽造できませんよ。プリンセス・ナナ」

――あたしの正体を知ってる？　こいつはいったい何者だ？

デビルークに敵対する星人だろうか。チョコはやはり軍用ロボット犬で、回収を図《はか》ろうとする軍関係者だろうか。いずれにしろ、怪《あや》しいやつであることには間違いない。

「チョコは渡さないわ」

芽亜が叫んだ。

「そうですか。では、しかたありませんね」

公務員は自分の背中に腕を回すと肩先から巨大なレーザーガンを取り出した。

リュックの中に入っていたらしい。

レーザーガンの銃口を突きつけられたナナは、じりっと後ずさった。

――水鉄砲じゃないよな？　レーザーガンだよな。

見慣《みな》れない形だが、見るからに禍々《まがまが》しい巨大な銃だ。

そして公務員は、あろうことか、照準をチョコに向け、引き金を引いたのである。

「危ないっ」

ナナは芽亜に覆《おお》い被《かぶ》さって庇《かば》った。青い光線がナナの頭上を通り過ぎる。芽亜がきょとんとしてナナを見上げている。ナナのお腹のあたりに、チョコの毛皮のふわふわが感じられる。

ちっと舌打ちの声が聞こえた。

ナナは、横に転がって仰向《あおむ》けになると、デダイヤルをベランダの外に向けて構《かま》えた。奥に長いつくりのマンションで、玄関からベランダまではかなり距離がある。

デダイヤルの出力を最大にする。

「出てこいっ。風馬《ふうま》ッ」

窓の向こう。ベランダの上空に、背中から巨大な羽根《はね》が生《は》えた白馬《はくば》がぱっと浮かんだ。白い羽根をバサバサと動かして滞空《たいくう》している。ペガーソス星に生息《せいそく》する彼は、伝説のペガサスそのものだ。

夜闇《よやみ》が近づき薄紫《うすむらさき》に染まった空に、真っ白な風馬が切り取られたかのようにくっきりと浮かびあがっている。

「メアッ。ベランダに行こう！　このままだと殺されるよっ」

ナナはデダイヤルをポケットに入れ、芽亜の手を引き、ベランダに向けて走り出す。次弾の発射はない。レーザーガンは、一度撃《う》ったら、次弾を充填《じゅうてん》するのに、少し時間がかかるようだ。

「ベランダから外へ飛び出すからっ」

「ここ十八階だよー」

ここがマンションの高層階であることなんて百も承知だ。

「わかってる。あの馬に飛び移る！」

芽亜はチョコを胸に抱いたまま、きょとんとしてされるがままになっている。怖《こわ》がったりいやがったりしないのはありがたい。

「風馬、お願いっ！」

風馬がヒヒーンといなないた。

『あいよっ。あねさんっ』

ナナには聞こえる風馬の声は、他の皆にはいななきにしか聞こえない。

ナナは、芽亜の手を引いたまま、ベランダの手すりへとよじ登り、手すりを蹴《け》って、ペガサスの背中に向けてジャンプした。

だが、芽亜の手を引いているせいもあり、ほんのちょっと距離が足《た》りず、飛び乗ることはできなかった。

風馬の羽根をかすめてまっすぐに落ちてしまう。

視界が回る。落下の感覚がナナを襲《おそ》う。

「うわあああーっ」

急速下降するエレベーターに乗っているような、重力がめちゃくちゃになる感覚に襲われる。ネオンが滲《にじ》んだように光っていた。

『まかせろっ』

風馬が羽根を畳《たた》んで急速降下し、ナナと芽亜の落下予測地点に急ぐ。

落ちるナナと芽亜、それに芽亜が胸に抱いている犬を、風馬の背がキャッチした。

温かくてやわらかいのに、しっかりした風馬の背の感覚に安堵《あんど》する。

「ありがとう」

ナナは、風馬の首に抱きつきながらささやいた。ナナのすぐ後ろにチョコを抱いた芽亜も風馬の背にまたがっている。

ピューロがベランダに出てきた。あのレーザーガンを手にさげたままだ。

そして、レーザーガンの銃口を振りあげると、空を翔《かけ》るペガサスに向かってぶっ放す。

空気を切《き》り裂《さ》く音がして、青い光線がまっすぐに伸びてくる。

ナナのすぐ横を青いレーザーがかすめた。

「ジグザグに飛んでっ。レーザーをよけてっ」

風馬は白い大きな羽根をばさつかせて空を飛ぶ。

『よっしゃあっ』

ナナと芽亜、それにチョコを背中に乗せた白いペガサスが、夜闇が薄く立ちこめて青《あお》紫《むらさき》に染まる空を行く。

「ナナ様の声だっ。おかしい。住所はここでいいはずなのだが。ナナ様ーっ。どこにいらっしゃるのですかーっ!?」

ザスティンの声が聞こえた。

風馬の背から下を見ると、ザスティンが片手に持ったチラシに目を落としながら、隣のマンションの入口の前でうろうろしている様子が見えた。

王室親衛隊の隊服ではなく、アシスタントの仕事着であるくたびれたトレーナーとジーンズ姿だ。

——そうだった。ザスティンって、方向音痴《おんち》だったんだ……。

「ザスティーン！　すぐ上だーっ」

叫んだが、ザスティンはきょろきょろするばかりだ。上空を飛んでいるとは思いつかないらしかった。

「ナナ様ーっ。いま助けに行きますぞーっ」

ザスティンは頼りにならない。自分でなんとかしなくては。

だが、現実には、ナナは何もできなかった。振り落とされないよう、風馬の首につかまっているだけだ。

空気を切る音がびゅうびゅうと鳴り、レーザーが風馬に向かって飛んでくる。

パシュッ、パシュッと発射音が響く。

怖くて風馬の首にきゅっと抱きつく。風馬のやわらかいたてがみが安心をくれた。風馬なら、芽亜とナナを守ってくれる。芽亜がナナの背中におでこをつけた。

――あ、そうだ。メアのほうがあたしよりずっと怖いはずだ。

芽亜は普通の女の子。風馬に乗って空を飛ぶなんて、はじめての体験のはずだ。

「メア、怖いと思うけど、大丈夫だから。風馬はあたしたちを絶対に落とさないよ」

「ん？　なにが怖いの？　楽しいよ。だって、ナナちゃんと一緒だもの」

無邪気《むじゃき》に言われてぐっとくる。

芽亜はどんな状況も楽しむことができる、明るくて前向きな女の子だ。しかも芽亜は、純粋にナナを信じてくれている。

――メアを守りたい！　メアを泣かせたくないっ。あたしががんばるんだ!!

「それにこれって遊園地みたいだよ」

「……かもな」

レーザーガンから逃げまどっているのでなければ、たしかにこれは楽しいかもしれない。

銀河遊園地の三次元メリーゴーランドみたいだ。

レーザーがナナのすぐ横をかすめる。

「わあーっ！」

よけようとして上半身をひねったことが悪かったようで、風馬の首に抱きついていた腕がゆるむ。

「うわっ。落ちるっ！」

「ナナちゃんっ」

空を翔る風馬が、レーザーガンから逃《のが》れようとして急旋回《きゆうせんかい》したからたまったものではない。遠心力をもろに受けて、振り落とされそうになる。

「風馬ッ！　回るんじゃなくて、マンションから離れてくれっ」

ナナは風馬に向かって叫んだ。

「あの男はベランダから動かない！　レーザーガンの射程《しやてい》距離から離れてくれっ！」

風馬が大きく羽根を動かした。そのとき、風馬の首に抱きついていたナナの腕が、ずるっと滑《すべ》った。

「わーっ」

腕がほどけ、ナナは背中を下にして、地面に向けて落下していく。

芽亜が心配そうな表情を浮かべているのが見てとれた。

「ナナちゃーん。つかまってーっ」

芽亜が呼んだ。芽亜は、犬を片腕で抱きながら、それでも必死に片腕を伸ばしている。

だが、手が届かない。それに、芽亜を巻《ま》き添《ぞ》えにして二人ともが落ちてしまう可能性がある。

「大丈夫だっ。心配しないで！　……ペケ頼むっ！」

目を閉じて身体を固くしたとき、ばさっと音を立てて服の背中から黒い羽根が出て、飛行形態をとった。落下が止まり、背中から落ちていたナナの身体が空中で回転し、視界がぐるんと回った。

地面を見下ろす形で空中に浮いたナナは、安堵の吐息《といき》を漏《も》らした。

「ペケ、ありがとうっ。風馬を追いかけてくれ」

風馬は安全度の高い優《やさ》しい生き物だから呼び出したのだが、風馬の飛行速度はそれほど速くない。身軽なペケなら、きっと芽亜に追いつくはずだ。

「だめですぞ。ナナ様。さっき、レーザーがかすめたとき、はっきりわかったのですが、あのレーザーは、粒子多結晶の結合をほどく光線です。ヒトに当たってもケガはしませんが、私のような粒子多結晶ロボットは、飛行形態がとれないばかりか、ドレスフォームまでほどけてしまいます」

「そ、それは、……困る」

空中で下着姿になって落ちていくというのは、考えるだけでぞっとする。

はっとした。

「あの犬、……チョコはやっぱり、粒子多結晶ロボットなのか!?」

「ロボットかどうかは……。確かなことは粒子多結晶体というだけです」

「チョコは、ナノテクノロジーでできた……兵器?」

そのとき、ありえないことが起こった。

片手にケージ、片手にレーザーガンを持った男が、宇宙人ならではの身体《しんたい》能力を発揮して、芽亜の部屋のベランダから、隣のマンションの屋上に飛び移ったのだ。

再び巨大なレーザーガンを構え、風馬に向かってレーザーを放《はな》つ。

「ペケ、それ、いつわかったんだ?」

「犬に舐められたときです。まずは地面に降りましょう」

ペケが高度をさげているらしく、地面がどんどん近づいてくる。

「だめだ!　降りない。メアを助けないと!!　上昇してくれっ」

「ですが」

「なぁ。ペケ、何か方法はないか?　あの男、射撃の腕は良くないぞっ。外《はず》してばっかりだっ」

「犬を狙《ねら》っているようです。ヒトに当たっても死にはしませんが、衝撃波《しょうげきは》で痛い思いをします。ヒトに当てたくないのではないでしょうか」

「だったら、あたしがメアの前にいると、あの男はレーザーガンを撃てないわけだよな」

「その通りです」

「ペケ、頼む！　風馬の横を飛んでくれ!!　盾《たて》になりたいんだ!!」

「ナナ様がそこまでおっしゃるのなら……」

ペケが背中の黒い羽根を大きく羽ばたかせた。身体がぐうーっと空に向かって浮かびあがり、地面が遠ざかっていく。

ペケは前後左右にジグザグに飛んでレーザーをかわしながら、羽ばたいている風馬へと近づいていく。

風馬の背にまたがっている芽亜は、後方を振り返って怖い顔をしていた。殺気を露《あら》わにして、マンションの屋上のピューロを睨《にら》んでいる。

芽亜の長いみつあみが風に揺れながら、意志あるもののようにうごめいている。芽亜のこんな顔、はじめて見た。何か怖いことが起こりそうで胸がざわつく。

ナナは叫んだ。

「メアーっ！」

「ナナちゃんっ！」

芽亜の周囲に立ちこめていた濃密《のうみつ》な殺気がスッと消え、輝くような笑顔が浮かぶ。

「よかった。心配したんだよーっ。ケガしてない？」

「メアのほうこそ、ケガはないかっ!?」

「わたしは平気だよっ」

風馬の横を、ナナは併走《へいそう》して飛んだ。芽亜がナナに向かって手を伸ばしてきた。

芽亜の手をつなぎたくて伸ばした手は、二人の間を走り抜けていったレーザーによって阻《はば》まれる。

「うわあっ！」

ピューロは、屋上から屋上へと飛び移り、チョコを撃ち落とそうとしてやっきになっている。レーザーが風馬の羽根に当たった。

『痛《いて》ぇっ』

ヒヒーンと風馬がいなないた。レーザーで撃ち抜かれた風馬の羽根は、痺《しび》れてしまったらしく、石になったように動かない。風馬は片羽根だけで飛ぼうとするが、身体が斜《なな》めになってしまっている。

片腕でチョコを抱いたままの芽亜が、風馬の背から滑り落ちていく。

『すまねぇ。あねさんっ』

「きゃああっ、ナナちゃんっ」

芽亜は、ナナに向かって両手を伸ばした。

「ペケ！　飛行形態を閉じて、芽亜に向かって飛んでくれっ！」

「急降下します」

ペケは背中の羽根を小さく畳《たた》んだ。

ナナは、頭を下にして、すごい勢いで落ちていく。耳もとで風を切る音が激しく鳴る。

――あたしがメアを助けるんだ！

ナナが落ちていく芽亜に追いついた。

二人は犬を間に挟《はさ》んだ状態で抱きあった。落下が止まる。ペケが羽根を広げたのだ。

「ペケ、ありがとう！　大丈夫か」

「くっ、なんのこれしき」

ペケが二人を支《ささ》えようとしてがんばってくれている。

だが、自然落下を止めようとしてエネルギーを使いすぎたのか、重力に逆らえずよろよろと落ちはじめた。

芽亜とナナは、二人で抱きあったまま、頭を下にしてふらふらと落ちていく。

ナナの背中に衝撃が走った。

「きゃあっ！」

レーザーが背中を直撃したのである。ビリッと来たが予想したほど痛くはなかった。

「うぅーっ。ナナ様、申《もう》し訳《わけ》ありませんっ！」

タンクトップとホットパンツのドレスフォームが解除され、バッジになって落ちていく。

ポケットに入れていたデダイヤルも落下した。

「ナナちゃんっ。服が」

芽亜が悲鳴をあげている。ナナはスポーツブラとショーツだけの下着姿になっていた。

「きゃああっ。チョコっ!?　どうして……？」

チョコも芽亜の腕の間からどろりと落ちて、地面に向かって落下していく。

その下では、チョコの落下地点を予測し移動していたらしいピューロが、ケージの扉を開いて上向きに置き、待ちかまえていた。

「メア、守れなくてごめん……っ。チョコもメアも、守れなくてごめんっ」

「ナナちゃん。泣かないでよ。ナナちゃん」

地面にぶつかるのではないかと思った瞬間、身体がトランポリンのように大きくはずんだ。

「な？　何？」

蜘蛛《くも》の巣のようなネットの上に、ナナたちは倒れていた。びっくりして起きあがろうとするのだが、銀色の網《あみ》がネトネトとからみついて起きあがれない。

「わっ。ネトネトだ、なんだこれ？」

「ネトネトネットくんだよーっ」

ララが明るい笑顔を浮かべながら歩《あゆ》みより、ナナの身体からネットを外《はず》し、自分の着ていたコートを脱いでナナにかける。

「はいっ。デダイヤル。壊れてないよ」

「ありがとう。姉上。拾ってくれたんだ」

「ナナ、大丈夫か?」

「大丈夫ですの?」

「プリンセス・ナナ、ケガはありませんか?」

リトにモモ、ヤミもいる。

「は、はは……生きてた……。姉上、ありがとうっ！　ペケがバッジになって落ちちゃったんだ……」

「ペケはここにいるよ」

姉は、自分の胸につけたペケバッジを指差した。ペケは瞳を線にして、寝息を立てている。

「がんばりすぎてエネルギーが切れたみたい」

「よかった。ペケ、ありがとう……そうだ。メアっ、ケガないか!?」

「んっ。平気だよ……でも、チョコが……」

ピューロは、レーザーガンを背中のリュックに収《おさ》めると、ケージを持ったままナナたちの前でかしこまった。

「スライムベムは確保できました。ご協力感謝します」

スライムになったチョコは、すでにケージの中に収まっていた。

「申し遅れましたが、私はこういう者です」

てきぱきと名刺を配られ、皆はとまどっている。

「公務員？　すぐやる課？」

「アヤシイですわ」

モモが眉根《まゆね》を寄せ、デダイヤルを構えた。すがめた瞳に危険な色が宿り、抜け目のなさそうな表情になる。そんな顔をしたモモは怖い。

「チョコを返してっ」

芽亜が言った。

「そうだ。チョコを返せよっ」

ナナもピューロに詰《つ》め寄《よ》った。

そのとき、迷子になっていたザスティンが、よろよろになってやってきた。

「モモ様、ナナ様、そいつはあやしい者ではありません」

「ザスティン、おまえ、なんでそんなにやつれているんだ？」

ナナが聞いた。

「迷子になってまして……」

申し訳なさそうに弁解するザスティンに、ピューロが口を開いた。

「おまえって、昔から方向音痴だったものな。大戦後の会議で大遅刻してきたろ？」

「ザスティンの知りあいなのか？」

ナナが聞く。

「大戦後の残務処理で知りあった友人です。ピューロ・クラート、おまえいったい何をやったんだ？　私は王室親衛隊の隊長だ。ナナ様を泣かせるなんて、ことと次第《しだい》によっては許さない」

ザスティンが殺気を露《あら》わにして言った。

「稀少生物保護育成条例により、保護しました。この子は、アモルファス星の宇宙生物《スライムベム》です。粒子多結晶生物で、動物ではなく鉱物に極《きわ》めて近い生物です」

「ロボットじゃないのか？」

ナナが聞いた。

「はい。ロボットではありません。鉱物生物です。ザスティンから話を聞いて、スライムベムではないかと思ったのですが、やっぱりでした」

「ザスティンから聞いたって？　ザスティンがこの人に頼んだの？」

「はい。ナナ様。迷子ロボット犬の回収は役場の仕事なので、友人に頼んだのです。メッセンジャー・ハムスターに手紙を託《たく》しましたが、届いていないのですか？」

「ちょっと待ってくれ」

ナナはデダイヤルを取り出して、メッセンジャー・ハムスターを呼び出した。

「見せてくれ」

ハムスターの背負っているリュックを開ける。中に折り畳まれたメモ用紙が入っていた。

「『ナナ様。すぐ行きます。念のため、銀河公務員の友人にも応援を頼みました。ザステインより』……ほんとだ……。ごめん。これ、見落としていた。……じゃあ、この人は、本物の公務員？」

ナナはデダイヤルを操作して、風馬とメッセンジャー・ハムスターを仮想動物園に戻した。心の中で、がんばってくれた風馬にお礼を言いながら。

「はい。本物の公務員でございます」

「保護にしては乱暴なことをしますね？　ナナをレーザーガンで撃ったの、あなたでしょ？　私、見てたんですよ」

モモが不審《ふしん》そうに言った。

「これは粒子多結晶の結合を一時的にほどく光線で、スライムベムを元の形に戻すだけです。ヒトに当たっても多少の衝撃はありますがケガはしません」

「ナナは空中から落ちたじゃないですか!?　大ケガするかもしれなかったんですよっ」

「あのレーザーガン、ビリッて来たぞっ。電気みたいに」

「はい。ご非難の通りです。私の落ち度です。レーザーはヒトに当たっても衝撃をわずかに感じる程度ですが、あせったあげく最大出力で撃ち出したため、そのようなことになってしまいました」
「で、でも、アンタはじめ、公務員だって言わなかったじゃないか！　飼い主のフリして
やってきたじゃないか!?」
「私が飼い主のフリをして迎えに行ってくれと頼んだのです」
ザスティンが言った。飼い主のフリをして迎えに来てほしい。それはそもそも、ナナが
ザスティンに依頼したことだったのだ。
「プリンセス・ナナを危険にさらしたこと、深くお詫《わ》びいたします。始末書を書いて上司
の判断を仰《あお》ぐことといたしましょう。ベムに夢中になってしまうヒトもいるので、捕縛《ほばく》す
るためにこうした手段を取らせてもらいました。ベムに夢中になったヒトは、ベムをスラ
イムの形に戻すと冷静になるのです」
皆は顔を見合わせた。
「この銀河珍種大図鑑に、アモルファス星のスライムベムについて載《の》っています。……ス
ライムベムは感応力があり、生き物の強い思いに反応して、イメージ通りの姿を取る習性
を持つ。そのため、特殊なペットとして乱獲《らんかく》されてきた」
ヤミが本に目を落としながら言った。
チョコがヤミの姿をとろうとしたのは、あのとき、芽亜はヤミを強く思っていたからだ。
チョコがボストンテリアの姿をとったこともわかる。前に芽亜が落ちこんでいたとき、

ナナはかわいい動物を呼び出して慰《なぐさ》めた。春菜に頼み、ボストンテリアのマロンを連れてきてもらった。芽亜はマロンを気に入って、かわいいかわいいと喜んでいた。

「私から説明します。スライムベムは、姿形だけではなく、動きもコピーします」

ピューロがあとを引き取って話しはじめた。

「スライムベムを飼うヒトは、ベムを亡くなった子供や恋人、あるいは有名タレントや片思いの相手などに変身させます。ですが、スライムベムは知能が低く、しかも、食べない話さない眠らない成長しないのです」

死んだ恋人が、そっくり同じ姿で目の前に現れ、同じ仕草で動く。だけど、食べない眠らない。話し相手にもならない。髪も伸びない。

それは、恋人を失った寂《さび》しさを抉《えぐ》られるだけではないのか。恋人はいないのだと、もう死んでいるのだと、思い知らされるだけではないのか。

「それって、よけい寂しくならないか？」

リトが言った。

「その通りです。スライムベムを飼いはじめたときは喜んでいても、だんだんせつなくなってきて捨てベムをするのです。あるいは、夢中になりすぎて、ベムに依存するようになるか。どちらにしろ、ろくなことになりません」

「捨てベム……。チョコはやっぱり、捨て犬だったのね」

芽亜が言った。

「はい。ですので、今は保護育成条例により、ペットとしての売買を禁止し、生まれた星に返すことになっております」

「返すのかよ!?」

ナナが聞いた。

「はい。このケージは、スペースチタニウムでできたカプセルでして、打ちあげることが可能です。あとは自動航行でアモルファス星に帰ってくれます」

流線型の犬用ケージは、これそのものが宇宙船だったのだ。

「そんな……。宇宙でひとりなんて死んじゃう」

芽亜が言う。

「スライムベムは、鉱物生物なので死にはしませんよ。優しいお嬢さん」

もぞもぞと音がした。チョコがケージの扉を掻《か》いているのだ。

「出してくれって言ってるみたいだ。少しだけ出してあげてくれないか？」

ナナが頼む。

「頼む。ピューロ・クラート」

ザスティンも言った。

ピューロは迷うそぶりを見せたが、やがてケージの扉を開いた。

銀色のスライムがうごめきながら出てきて、ヒトの姿をとりはじめた。

やがて銀色のスライムは、金属的な光沢《こうたく》を放《はな》つナナの姿になった。銀色の身体に色がつくと、ナナに寸分《すんぶん》たがわぬ少女が立っていた。

スライムが変身したナナは、両腕を伸ばすと芽亜を抱擁した。

ほっぺにちゅっとキスをする。

「メア、ダイスキ」

話した。チョコが。鉱物生物で、知能が低いはずのベムが。

「え？　チョコ、しゃべれるの？」

「銀河珍種大図鑑には、めったに話さないが、三歳程度の知能はあり、ごくまれにかたことを話す個体もある、と書いてありますね」

ヤミが解説する。

「メア、トモダチ。ダイスキ」

ナナは、芽亜と自分の姿をしたスライムベムが抱きあう様子を見て、目をうるませた。

ナナの大好きなトモダチが、幸せそうに笑っている。それがうれしい。

「わたしも大好きよ。チョコ」

「アリガトウ。メア」

芽亜とナナの姿をしたスライムベムは、びっくりするほど長く抱きあっていた。

ベムナナは芽亜のうなじをぺろぺろ舐めた。芽亜はくすくす笑い出した。

「やだ。くすぐったいよ。チョコ。もう、行って。自分の国に帰って、仲間と一緒に暮らしてね」

「サヨナラ」

スライムベムの姿が銀色に変わり、輪郭《りんかく》があいまいになっていき、ゼリーのように崩れた。そして、うねうねとうごめきながら、ケージの中に戻っていく。

チョコは、お別れをするためだけに、ヒトの姿をとったのだ。

ピューロは、ケージのフタを閉めると、カシャンカシャンと音を立ててケージを組《く》み替《か》えていく。

やがてケージは、卵に羽根が生《は》えたような流線型の、ロケット型のカプセルになった。

そして、リュックの中から再びレーザーガンを取り出すと、またカシャンカシャンと組み替える。カプセルをセットしたレーザーガンを肩に担《かつ》ぐ。

「打ち出します。さがってください」

みなが遠巻きにする中を、ピューロは引き金を引いた。

空気を吐《は》き出《だ》す轟音《ごうおん》とともに、カプセルが空に向かって飛んでいった。

すっかり暗くなって、星が瞬《またた》く夜の空に、チョコを乗せた銀色の小さな宇宙船は、高く高くあがっていく。

星がいっぱいの夜空に、丸いシルエットの銀色のロケットが、白い煙を吹き出しながら飛んでいく。

童話の一ページのように美しい。

ロケットが肉眼ではみえないほど小さくなったとき、赤くきらっと光り、やがて消えた。

「無事、大気圏を突破したようです」

「チョコ、宇宙に行っちゃったね」

芽亜はサバサバした口調で言い、空を仰いだままで立ちつくす。

街灯の照り返しを受けた芽亜の横顔が、どこか寂しそうに光っている。

ナナは芽亜を抱擁した。

二人は何も言わず、じっと抱きあっていた。

☆

その様子を遠く離れたところで見つめている少女がいた。

黒いドレスを着た、漆黒《しっこく》の髪の女の子。体つきは未熟《みじゅく》な少女のそれなのに、強い光を宿す瞳《ひとみ》は大人《おとな》のようだ。

彼女はぽつりとつぶやいた。

「トモダチ……か」

彼女は、芽亜に、マスター・ネメシスと呼ばれている。

第2話「Paper doll〜着せ替え美柑〜」

Profile

結城《ゆうき》美柑《みかん》

結城家の長女。リトの妹。小学６年生ながら、結城家の家事全般を担う。

結城《ゆうき》リト【梨斗《リト》】

結城家の長男。デビルーク星人のララに見初められ、毎日がトラブル続き。

結城《ゆうき》林檎《りんご》

美柑とリトの母親。フランスでファッションデザイナーとして活躍している。

「これを着れば
ちょっとだけおとなに　なれるかな」

結城美柑《ゆうきみかん》が靴箱のフタをあけると、封筒がバサバサと落ちた。

その場にしゃがんで、手紙をひとつひとつ拾いあげる。

――またこんなに。まだ誰ともつきあう気はない、って言ってるのに。

今日のラブレターは合計八枚。思いの籠《こ》もった手紙を受け取るたびに、うれしさよりも困惑《こんわく》を感じてしまう。

美柑は、背負《せお》っていたランドセルをおろし、もらった手紙を内側のポケットに、大事そうに収《おさ》めた。

そのとき、ランドセルから、紙きれが一枚ひらりと飛んだ。

「結城さん、落ちたよ」

クラスメイトが拾って渡してくれた。

「ありがとう」

算数のテストだった。花丸が大きく書かれた答案の右上には、百点の赤数字が、誇らしげに躍《おど》っている。

「百点なんだ。このテスト、難しかったのに。すごいね」

「そんなことないって。偶然だよ」

美柑は、照れながらテスト用紙を受け取り、ランドセルに入れた。

「そんなことあるよ。結城さんはすごいよ。勉強だけじゃなくてさ、家庭科の調理実習も上手《じょうず》だったもん。手つきがよくてびっくりしたよ」

もうひとりのクラスメイトが感心したように言う。

「はは、そ、そうかな」

美柑は苦笑した。

立ちあがる動作でズレたブラジャーを、脇《わき》の下《した》に手をあてて、服越しにそっと直す。

「どうしたの？」

「服がちょっとね」

「美柑ちゃんの服って、いつもオシャレだよね」

「だよねー。ブランドっぽくって、そのへんのお店には売ってない感じだよね。私も着てみたいな」

美柑はいよいよ照れくさくなった。

「結城さんみたいに、何でもできる人だと、悩みなんかないよね。いいなあ。私なんか、悩みばっかりだよ」

クラスメイトの口調には、見事なほどに邪気《じゃき》がない。羨望《せんぼう》の視線で美柑を見つめている。

「美柑ちゃん、帰ろー！」

昇降口《しょうこうぐち》の先から、美柑を待っている友達の声がした。木暮幸恵《こぐれさちえ》と乃際真美《のぎわまみ》が手を振っている。

「行かなきゃ。じゃあね。バイバイ」

「さよなら」

手紙とテスト用紙を収めたランドセルを揺すりあげると、ビーズの髪留《かみど》めで飾った毛先が勢いよく跳《は》ねた。

成績が良く、男子にも女子にもモテる人気者。家庭科の調理実習で大活躍。小学六年生なのにしっかりしていて、おしゃれな服を着ている。優等生で、悩みなんかなさそう。

それが美柑の小学校での立ち位置だ。

――私も悩み、あるんだけどな……。

美柑は、はぁ、とため息をついた。

服がおしゃれなのは、母がフランスから試作品を送ってくるから。

調理実習のときの手つきがいいのは、多忙で留守がちの両親に代わって結城家の台所を預《あず》かっているから。

結城家は、父が漫画家、母がファッションデザイナーという芸術一家だ。

イキイキと働く両親は格好《かっこう》良く、尊敬しているが、母がいないといろいろと困る。美柑の悩みも、母がいれば簡単に解消できるのだ。

ブラジャーがズレる感じがするため、脇腹《わきばら》のあたりを引っ張りながら歩いていたら、いつのまにか商店街のあたりまで来ていた。ふいに、妖精の羽根のようなふんわりしたものが視界をかすめる。

美柑は立ち止まってショーウインドーを見つめた。ピンクに白、アイボリー、クリームイエロー。パステルカラーなのに、明度《めいど》が高く透明感に満ちたそれは、フリルとギャザーとレースでできたランジェリー。

ブラジャーにショーツにキャミソール、ガーターベルトにシーム入りのストッキング。

毎朝毎夕お店の前を通るのに、見とれてしまうぐらい繊細《せんさい》で美しい。

――綺麗《きれい》だなぁ。私もあんなの、着てみたい。

ランジェリーショップは小六女児には敷居が高い。大人《おとな》の空間という雰囲気がして、場違いな感じがする。ショーウインドーの前を通り過ぎるとき、うっとりしながら見つめるだけだ。

お店の人が声をかけた。

「どうかしました？　お嬢さん。何かご入り用？」

ふんわりといい香《かお》りがした。コロンの香り。大人の匂《にお》いだった。お店の中から漂ってくる。美柑は思わず深呼吸した。

「美柑ちゃん、どうしたの？　早くおいでよ」

幸恵《サチ》が振り返り、手招きをした。真美《マミ》も立ち止まっている。

「何でもありません」

美柑はお店の人に向かってぺこっとおじぎをすると、ランドセルを揺すりあげ、そそくさとその場を去った。服の中でまた、ブラジャーがずりあがる気配がした。

美柑は、タンクトップを胸の下で切り落としたような形のスポーツブラをつけている。これは自分で大型スーパーの下着コーナーで買ったもの。

サイズがそもそもあっていないのだろう。アンダーバストがゆるく、立ちあがったり身体をひねったりする動作でずれてしまう。恥ずかしくて試着できなかったのが悪かったのだ。

母がいれば簡単に解消できるはずの美柑の悩み。それはブラジャー選びだったのだ。

――母さん。今頃何をしてるんだろ？

☆

それより一日ほど前のこと。

結城林檎《ゆうきりんご》は、パリ七区にある être bonne pomme《エートルボヌポム》 のアトリエで、デザインブックに鉛筆を走らせていた。

ポムは林檎を意味するフランス語。エートルボヌはおいしいの意味。直訳するとおいしい林檎だが、『お人好し』という意味もある。林檎が社長を務《つと》める会社のブランド名だ。

「先生、まだ終わりませんか!?」

スタッフが悲鳴のような声をあげる。

「待って、あと少し」

「先生ーっ。ショーまであと二週間なんですよーっ。パターン室に回さないと間にあいませんっ」

「ここにタックを入れて、切《き》り替《か》えを入れれば……」

林檎が動かす2Bの鉛筆の先から、魔法のようにデザイン画ができあがっていく。

「これでいいわ」

「わぁっ。素敵っ、斬新《ざんしん》ですね。すぐパタンナーに回しますっ！」

「仮縫《かりぬ》いが終わりました」

スタッフがスーツを着た人台《じんだい》を運びこんできた。人台というのは、洋裁用のボディだけのマネキンだ。

「うーん。どうしてかしら。カシュクールのドレープが綺麗《きれい》に出てないわ。……そうだわ！　生地《きじ》を変えてみましょう。生地見本をちょうだい。……メルシー。かなりイイわ！　この生地でもう一度仮縫いをお願いね」

「はいっ」

スタッフとモデルが忙しく出入りし、専門用語が飛《と》び交《か》い、生地見本が宙を舞う。デザイナーにとってファッションショーは、たんなるイベントや発表会ではなく、ファッション業界での序列を決める真剣勝負の場だ。ショーで発表したデザインの優劣が、デザイナーとしての林檎の評価を決める。

ショーを目前に控《ひか》えたアトリエは、華《はな》やかな戦場だ。

「先生。試作品の縫製《ほうせい》できました」

カクテルドレスを着たモデルが入ってきた。裾《すそ》を引くドレスを身につけたモデルは、大《たい》輪《りん》の花のようにあでやかだ。モデルは林檎の前でくるっとターンし、ポーズを決めた。

林檎は顎《あご》に手を置いて考えこんだ。

「仮縫いだといい感じだったのに、歩くと不自然な皺《しわ》が出ていまひとつね……」

林檎はモデルの足下《あしもと》に膝《ひざ》をつくと、ジャキジャキと音を立てて膝の下でスカートを斜《なな》めに切り落とした。

「これで良くなったわ」

　縫製のできたドレスの裾を切り落とすという暴挙に出たのに、モデルもスタッフも慣《な》れっこになっていて、動揺したりしない。

「先生、裾の始末、どうしますか？　まっすぐに縫《ぬ》うだけでいいですか」

「いいえ、今やるわよ！　このドレスと同じ布を持ってきて」

「はいこれです」

　林檎は布をふわっと広げると、斜めに鋏《はさみ》を入れて三角に切り落とし、マチ針《ばり》で留《と》めていく。膝のところで斜めに切り替えのあるデザインのドレスになった。

「これで縫ってちょうだいっ！」

「はい。先生。なるほどこちらのほうがステキですね。スッキリしてる」

「でしょう。服は……」

「人が着て動いてはじめて完成するんですよね」

　スタッフが林檎の口癖を先に言った。

「その通りよ。太ってる人、若い人、子供、赤ちゃん、お年寄りの人、みんなが綺麗になって元気が出る服作りが、être bonne pomme《エートルボヌポム》のコンセプトよ」

「先生、ローティーン向けの試作品できあがりました。チェックお願いします」

　金髪碧眼《へきがん》の西洋人形のようにかわいいモデルが、リボンいっぱいのキュートなワンピースを着て、ウォーキングしてきた。輝くような笑顔を浮かべ、片腕を腰にあててポーズを取る。年端《としは》もいかない少女だが、歩き方やポーズの取り方はプロのモデルだけあって完璧《かんぺき》だ。

だが、どんな服でも着こなすことのできるはずのモデルが、服に着られてしまっている。

「飛びあがったり手を叩《たた》いたり、ダンスしたりしてくれる？」

「はい」

モデルがその場で踊りはじめた。ダンスのレッスンを修《おさ》めているのだろう、なかなか堂に入ったステップだ。

林檎は考えこんだ。ピンとこない。いったい何がおかしいのだろう。モデルが悪いわけでもない。服が悪いわけではない。だがどうもしっくりこない。

難しい顔をして考えこんでいる林檎に気づき、モデルの少女が不安そうな顔をして、足を止めた。

「ごめんなさいね。あなたは悪くないのだけど……」

何かが足《た》りず、何かが過剰《かじょう》だ。はっきり言うならバランスが悪い。

――このデザイン画を起こすとき、私は何を考えていたっけ？

娘のことを考えながら鉛筆を走らせていたことを思い出す。

――そうよ。美柑《みかん》よ。この服は、美柑に着せるべきなんだわ！

「今日はありがとう。もういいわ。着替えて帰ってくださいね」

「はい」

モデルの少女は、スポッとワンピースを脱《ぬ》いだ。衣裳合《いしょうあ》わせのための肌色《はだいろ》のレオタード姿になる。林檎は、ワンピースを受け取り、腕に掛けた。

そして、バッグをさげてアトリエから退出する。

「帰ります。あとお願い」

「アパルトマンですか？」

「いいえ。ポンヌフの私の家じゃなくて、日本よ。用事を済《す》ませたらすぐ戻るから！」

アトリエにひしめくスタッフたちが押し黙った。一瞬遅れて秘書が悲鳴をあげた。

「先生っ。日本なんてトンボ帰りでも三日かかるじゃないですかっ!?　ショーまであと二週間なんですよ」

「あと二週間だから帰るのよ。それじゃ」

林檎は、腕に掛けたワンピースを風に揺らしながら出ていった。

☆

美柑《みかん》がスーパーの前を通りかかったときのことだった。

「わぁ、綺麗《きれい》」

一緒に下校している幸恵《サチ》が言った。

店頭に、野菜が山積《やまづ》みになっている。にんじんの赤、ピーマンの緑、なすの紫《むらさき》、たまねぎの金色。あざやかな色合いに目が奪《うば》われる。

——たまねぎ、買って帰ろうかな。切れてたし。

——あ、財布《さいふ》、忘れたんだった……。

朝、テーブルの上に財布を置き、そのまま家を出てしまった。

「どうしたの？」

「ううん。なんでもないよ」

家に帰ってからまた買いに来るのは二度手間だ。名残惜《なごりお》しい気分で通り過ぎたとき、兄のリトが男友達と歩いてきた。

「美柑」

「あれ、リト。どうしたの？　今日は早いね」

高校生の兄と、小学生の美柑は、下校時間がぶつかることはめったにない。

「今日は模擬《もぎ》テストだったんだよ」

「ああ、そうだったよね。そんなこと言ってたような。……猿山《さるやま》さんだ。こんにちは」

「うぉー。美柑ちゃんだ。カワイイなー」

猿山が鼻の下を伸ばして言った。

「これから猿山とカラオケなんだ。二時間ほどで帰る」

「リトがカラオケなんて珍しいね」

「友達なのによ、コイツ最近つきあい悪いからよー。たまにはつきあえって誘ったんだ」

「兄をよろしくお願いします」

リトの友達に向かっておじぎをする。

「美柑ちゃんってさ、リトよりもしっかりしてるんじゃね？」

猿山が感心の表情を浮かべる。

「リト、財布忘れちゃってさ、たまねぎ買うから、五百円貸してよ」

「買い物か？　持ってやろうか。重いだろ」

兄は心配そうな顔をした。

リトは照れ屋だが、妹思いの優《やさ》しい兄だ。

だが、美柑の悩みは兄には相談できない。他のことならまだしも、ブラジャーがあわないなんて、とても言えない。

「平気だよ。リトはカラオケに行くんでしょ？　猿山さんが待ってるよ。リトはお金だけくれたらいいの」

「お金だけなんて寂《さび》しいこと言わないでくれよ……ハハハ……」

兄は情《なさ》けなさそうな顔をした。おかしくて、おもしろくて、やっぱり兄は頼りない。美柑はリトから受け取った五百円をポケットに入れながら、くすくす笑った。

「そんなこと言ってないよ。バカ兄貴！　早くカラオケ行ってきなよ」

兄の背をとんと押した。リトは心配そうに振り返りながら、猿山と歩いていった。

「美柑ちゃん。あの人、お兄さんだよね？」

「でも、リトって呼び捨てにしてたし」

幸恵《サチ》と真美《マミ》が交互に聞く。

「うん。兄だよ。呼び捨ては、まぁ、なんとなく……」

「優しそうなお兄さんだね」

「だよね。ハンサムじゃないけど、優しそうでいい感じ。美柑ちゃんがうらやましいな」

——そんなことないよ。リトって頼りないんだけどな……。

美柑は、あいまいに笑っておくことにした。

「私、スーパー寄ってくね」

「美柑ちゃんっ。私たち、先に帰るねー。ばいばいっ」

「じゃあね」

美柑は五百円玉を握《にぎ》りしめ、スーパーに向けて小走りに急ぐ。走る動作でズレるブラジャーの違和感を覚えながら。

——頼りがいのある相談できる人って、私のまわりにはいないんだよね。

☆

美柑《みかん》はスーパーで買ってきた食材を袋のままテーブルの上に置き、ランドセルをおろした。そして、袋の奥でたわんでいる通販カタログをそっと出した。

スーパーの出入り口に置いてある無料のカタログで、いつもは気にもしないのだが、ランジェリー特集の文字がやけに目立ち、持って帰ってきたのである。

袋とじの真ん中部分が、一冊まるまる女性下着の通販カタログで、取《と》り外《はず》せるようになっている。

美柑はどきどきしながら、下着カタログを取り外した。

袋とじのところに定規《じょうぎ》を入れてそっと破く。

ぺりぺりという音が、胸をいっそう大きく高鳴らせ、紙を破く指が震える。

クッションを背中にあてて、壁際《かべぎわ》に座りこむ。ページを開くと、大人《おとな》の世界が広がった。

キラキラと輝くような、カラフルな色彩は、お花畑にいるようだ。

清楚《せいそ》なモデルが、透明感のあるパステルカラーの下着をつけてにっこりしている。

ガーターベルトでシーム入りのストッキングを吊《つ》っている美脚《びきゃく》の外国人女性は、リボンがいっぱいのキャミソールを着ていた。白い肌《はだ》が透《す》けて妖精《ようせい》みたいだ。きゅっとくびれたウエストと、形よくふくらんだ胸が美しい。

別のモデルは、シンプルなキャミソールとフレアパンツをつけてポーズを取り、あるモデルはケミカルレースのブラジャーとショーツという格好《かっこう》で、こちらに向けて笑いかけている。

すらっと長い足も、ウエストのくびれも、量感のある胸も、今の美柑にはないものだ。

ヒョウ柄《がら》のブラとショーツはつけたいとは思わないが、大人カワイイデザインの、パールピンクのブラジャーと、お姫様みたいなキャミソールは着てみたい。

だが、カタログの写真がどれほどステキでも、女性下着はサイズがあわないことにはどうしようもない。

それに、大人っぽいランジェリーは、美柑にはちょっと気恥ずかしい。

通販カタログならお店に行かずに買えるのでいいかなと思っていたのだが、あわない下着の違和感は今もたっぷり体験中だ。

「美柑、何を読んでいるのー？」

ピンクの髪が目の前で揺れ、フローラルシャンプーの香りが振りまかれた。

「ララさん」

ララが美柑をのぞきこんでいた。服を押しあげる形のいい胸がゆさりと揺れる。

ララは、結城《ゆうき》家に居候《いそうろう》している宇宙人で、デビルーク星のプリンセス。

ピンク色に輝く絹糸《きぬいと》のような髪に、白のペケ帽子。宇宙的なデザインのピンクと紫のミニドレスを着ている。

すらっと長い手足にしろ、ハート型にせり出した腰にしろ、下着カタログのモデル以上に魅力的な女の人だ。

ララならきっと、大人っぽいランジェリーも似合うだろう。

「なんでもないよ」

「通販カタログ？　珍しいものを読んでるんだねー」

青とも緑ともつかないきらめく瞳《ひとみ》が、笑《え》みを含《ふく》んで細められ、美柑をじっと見つめている。

たしかにそうだ。美柑はファッションにあまり関心はない。通販カタログをゆっくり読むのもはじめてだ。

「はは。なんだか、今のブラジャー、どうも具合が悪くてさ。動くたびにずりあがって困るんだよね。お店で買うのも恥ずかしいし。でも、通販だとサイズがあわなさそうで、迷ってるんだ。お店に行かずに試着できたらいいのにな、……なんて、無理だけどさ」

相談するというよりも、雑談するみたいにしてララに言う。ララは明るくて元気だが、天真爛漫《てんしんらんまん》すぎて、相談に乗ってほしいという感じがあまりしない。

「美柑はどんなのがつけたいの？」

「そうだなあ。この白のレースの、ブラジャーとショーツのセットとか。こっちのキャミソールとか着てみたいな。あと、このフリフリの下着もお姫様みたいで素敵だよね。……ま、サイズがあえばの話だけどね。ワイヤー入りのブラっていうのも試してみたい」

「そっか。それなら、いいのがあるよ。ちょっと待ってて。今、作ってくるから」

ララは小首を傾《かし》げて笑った。

「え、作るって、発明？」

「うん。すぐだよ。待っていてね。これ、借りるよー」

「ララさん……」

あわてて呼び止めたが、ララはカタログを持ったまま、いそいそとラボに行ってしまった。ハートのしっぽがぴょこぴょこ揺れながら、彼女のあとをついていく。

不安だ。果てしなく不安だ。ララの発明品はすばらしいのだが、いつもどこかが抜けていて、ひどい結果に終わってしまう。

——だ、大丈夫かな……。

心配のあまり周囲を見回すと、テーブルの上のスーパーの袋に目がいった。買ってきた食材がそのままだ。

美柑ははっとして立ちあがった。

エプロンをつけてキッチンに立つと、モモが笑顔を浮かべてやってきた。ララの妹で、デビルークの第三王女。

「美柑さん。お手伝いしますね」

モモはお姫様であるにもかかわらず、掃除や料理をまめに手伝ってくれる、気だてのいい女の子だ。

「モモさん。ありがとう」

「今日はカレーですか？」

モモがエプロンをつけながら聞いた。

「うん。たまねぎの皮をむいてほしいんだ」

「はい。甘いほうは小さい鍋《なべ》ですね」

結城家ではカレーは二種類作る。甘いカレーと辛《から》いカレーだ。大所帯《おおじょたい》なので、鍋二杯のカレーがぺろりとなくなる。

結城家に住んでいる人間は、美柑と兄のリト。ララ、ナナ、モモの三人のプリンセス。花の精のセリーヌの六人だ。

ナナとセリーヌは甘いカレーが好きなので、彼女らに甘いカレー。

リトと美柑とモモ、ララは、辛いカレーだ。激辛好みのララには、さらにタバスコと七《しち》味《み》唐辛子《とうがらし》の小瓶《こびん》を用意する。

ナナがあくびをしながらやってきて、冷蔵庫を開けた。牛乳のパックを取り出して、コップに注《つ》いでごくごくと飲み干す。

「手伝おうか？　あたしだって、たまねぎの皮むきぐらいはできるぞ」

「いいよ。ナナさん。ありがとう」

願ってもない申し出だったが、結城家のキッチンに三人は狭い。モモと二人いれば、じゅうぶん手は足りる。

「わかった。ラボにいるから、用があったら呼んでくれ」

ナナは桃色に透《す》けるツインテールを揺らしながらキッチンを出ていった。

モモとナナは双子《ふたご》だが、雰囲気はぜんぜん違う。おしとやかなモモと、やんちゃなナナ。

――モモさんに相談しようか？

美柑はたまねぎを切るモモをちらりと見た。居候をはじめた当時、モモは料理に不慣《ふな》れだったようだが、今はかなり上達して、たまねぎを切る手つきも見事なものだ。

地球の文化に慣れてきた様子のモモは、地球のファッションにも詳《くわ》しそうだ。モモに聞けばアドバイスをもらえるかもしれない。

――だめだめそんなの。モモさんには頼りたくない。

モモは、隙《すき》あらば兄にモーションをかけてくる油断ならない存在だ。彼女にかりをつくるわけにはいかない。

「まうまうーっ」

セリーヌがとことこと寄ってきて、美柑の下肢《かし》に抱きついた。膝小僧《ひざこぞう》の裏側におでこをすりすりしてなつく。

「セリーヌ。くすぐったいよ」

「まうーっ」

セリーヌのぷくぷくした手が、美柑のミニスカートの裾《すそ》を持ってつんつんする。花の精であるセリーヌの無邪気《むじゃき》な笑みはかわいくて、抱きあげて頬《ほお》ずりをしたくなる。

セリーヌはさかんにリビングのほうを指差している。

「ごめんね。今、ご飯《はん》作ってる最中なんだ」

「一緒に来いって言ってるみたいですね。あとは片づけだけだから、行ってみたらいかがでしょうか。私、まな板とか、洗っておきます」

モモがにこにこしながら言ってくれた。

「わかった。ありがとう。モモさん。あとお願い」

タオルで手を拭《ふ》きながらリビングに行くと、ララのはずんだ声が響《ひび》いた。

「美柑、完成したよーっ」

白のケミカルレースのブラジャーにおそろいのショーツをつけたララが、輝くような笑みを浮かべてくるっと回った。ピンクの髪が揺れ、メロンほどもある胸のふくらみが作りたてのプリンのようにぷるるんと揺れる。

リビングでの下着姿には違和感があったが、白い肌が白熱灯に照らされて明るく光り、いやらしい感じはない。

やっぱりララは、下着カタログのモデル以上にプロポーションがいい。カタログと同じデザインのランジェリーだからよくわかる。まぶしいほどに健康的な肢体《したい》を見つめていると、うらやましくなってくる。

「フォームチェンジしたの？」

ララがドレスフォームのとき、いつも被《かぶ》っている大きな帽子は、ペケという名の粒子多《りゅうした》結晶《けっしょう》ロボットで、ララの発明品だ。

繊維《せんい》組織を粒子化し、再結晶化《フォームチェンジ》することによってララの服をかたちづくっている。

銀河《ぎんが》のプリンセスは、実は、ノーベル賞学者が裸足《はだし》で逃げ出す優《すぐ》れた発明家なのである。

「ちがいますよ。美柑殿《どの》。私はここにおります」

ペケが人間体《にんげんたい》になってにこにこしていた。

年輩の男性のような昔っぽい話し方なのに、人間体になったペケは少年みたいだ。宇宙的なデザインの服装が、中性的な容姿を引き立てて、お人形のように愛らしい。

「あれ？　じゃあ、ララさんのブラとショーツは？」

美柑は、下着カタログとララの胸を見比《みくら》べた。カタログと似たデザインだ。いや、似ているというレベルを超《こ》えて、そのものだ。通販がこんなに早く取り寄せられるはずはないし、いったいどうしたというのだろう。

ララは無邪気に笑いながら、デジカメを取り出した。

「じゃーんっ」

「？」

美柑は首をひねった。

ララが誇《ほこ》らしげに持っているものは、どこから見てもただの市販《しはん》のデジカメだ。

「デジプリドールくんだよ。デジカメを改良したの。ペケの応用だから、すぐにできるんだよ」

「私がフォームチェンジしてもいいのですが、私は頻繁《ひんぱん》にフォームチェンジすると、エネルギー切れを起こします」

何のことかわからない。首をひねっている美柑の前で、ララが使い方を解説した。

「デジプリドールくんはね。デジカメでね、こうやって、使いたい人と、着たい服の写真を撮《と》るの。それから……」

カメラのフラッシュが光り、美柑の身体《からだ》を白く染《そ》める。ララはさらに床に置いたカタログの写真を撮った。

「アストロメモリに保存された写真をプリントするとー」

プリンターの横腹に、デジカメの中から取り出した宇宙製メモリカードを挿入《そうにゅう》し、ボタンを押す。

ジーッという音がして、分厚《ぶあつ》くてつるつるした紙に、美柑の全身写真が印刷されて出てきた。びっくりした表情を浮かべた自分と目があった。

「もう一枚印刷するね。今度は服だよ」

ケミカルレースの下着の写真が印刷されて出てくる。ブラジャーとショーツだけの画像で、モデルの姿は消えている。しかもブラジャーのヒモのところと、ショーツの腰の部分には、台形の折りしろまでついている。

「これなに？　なんで服だけなの？」

「ペーパードールだよ。着せ替え人形遊びなの」

ララが解説した。

「こうやって剝《は》がすと……」

ララの細い指が写真の折りしろを引っ張ると、ブラジャーが台紙からぺりっと剝がれた。台紙のブラジャーの画像があったところは白抜きになっている。

「あ、知ってる。少女まんがのふろくにもよくあるよね」

服の折りしろを内側に折り、人形に引っかけて、着せ替え遊びをする紙製のおもちゃだ。今はもうオトナなのでやらないが、美柑も小さい頃はよく遊んだ。

「んっとそうだね、着せ替え人形っていうより、着せ替え人間かな。……剝がした服を、写真の美柑の上に置くの。こんな風《ふう》に」

ララが美柑の写真にブラジャーをそうっと載《の》せる。

「あはは。ララさん。それ変だよ。カットソーの上にブラジャーはおかしいって。……え、あれれ？　折りしろが消えたよ」

何が起こっているのかわからない。折りしろが消えたと同時に、美柑の胸と背中のあたりを何かが押さえる感じがして、カットソーの上に写真と同じブラジャーが装着されていた。

カットソーが押さえられてごわごわしているが、ブラジャーがしっかりと胸を包む安心感があった。

「私の身体にくっついちゃった」

美柑は胸を押さえてはしゃいだ。

なるほど着せ替え人間遊びだった。

「すごいっ。すごいっ。ララさんすごいっ。ペケの応用って、そういうことだったんだ」

「原理的には私と同じです。紙を粒子にして、再結晶を行っているわけですね」

紙製だから、ランジェリーショップに特有の香水の匂《にお》いはしないはずなのに、甘い香《かお》りがするようでうっとりしてしまう。

「なるほどね。デジタルカメラ・プリント・ペーパードールで、デジプリドールくんなんだね」

「ペケみたいに、自分で考えてフォームチェンジしてくれるわけじゃないけど、着た感じはわかるはずだよ」

ララは美柑の写真から、ブラを剝がして台紙に戻した。

胸をしっかりと包みこむ、確かなブラの感触が消え、カットソーの上半身に戻っている。

「ララさんっ、これ、すごい発明品だよっ」

「粒子材料は紙だから、着心地はあんまり良くないかも。汗で溶《と》けちゃうしね。似合うかどうかのチェックならできると思うよ！」

ララは明るく笑っている。

「でも、これなら、恥ずかしくないよ。お店に行かずに、いろいろ服を試せるし」

ずっと着てみたいと思っていた、妖精のようなキャミソールも、大人っぽいケミカルレースのブラジャーも、お姫様みたいなフリフリのランジェリーも、全部試せる。

「夢みたいだよ。ありがとうララさん。って、服を脱《ぬ》がなきゃいけないんだよね？　ちょっと待ってて」

兄のリトはカラオケだ。あと一時間ぐらいは帰ってこない。

美柑は窓の雨戸を下ろし、ドアを閉めた。

「雨戸閉めるの？」

「だって、ハダカになるんだし」

「そうだねー。私も着替えよっと」

ララは、床に座りこみ、ララの画像をプリントしたペーパードールから、服を剝がしている。あっというまに服が消え失《う》せ、全裸《ぜんら》になった。

「美柑の着てみたいって言ってたの、これでよかった？」

「うん。これと、これと、こっちも」

「服の写真、撮っておくね」

全裸で床に座りこみ、デジカメでカタログの写真を撮るララを横目に見ながら、カットソーをくるくると脱ぎ捨てる。

開花する寸前の薔薇《ばら》のつぼみのような、ほんのりとふくらんだ微乳《びにゅう》を包むスポーツブラが、少女の上半身を飾っている。

美柑は腰の脇《わき》に指をあて、ホックを外してファスナーを引き下ろす。ミニスカートは、自分の周囲に丸い輪を描いて落ちた。

サイズのあわないスポーツブラと、シンプルなコットンのショーツ姿になった。

「んーっ。美柑のブラ、たしかにサイズ、あってないね～」

ララが言った。全裸になっているララの、健康的な肢体が輝いている。

誇らしげに揺れるふくらみは、美柑の目から見てもまぶしいほどだ。

「うん。もう着心地悪くって」

ブラを外《はず》して軽く畳《たた》み、ショーツを下ろして足首から抜く。生まれたままの姿になった。甘酸《あまず》っぱい汗の香りがほんのりと漂う。

「写真、撮るよー」

ララが美柑にカメラを向けた。

全裸でカメラなんて恥ずかしい。腕で胸と股間《こかん》を隠し、身体をひねる。

「それじゃ撮れないよー」

「う、うん、そうだね……」

おずおずと腕を外し、正面を向く。

美柑の全身を、白いフラッシュの光が舐《な》めた。

——うう、は、恥ずかしい……っ。

全裸で写真なんて、なんて恥ずかしいことをしているのだろう。

「プリントするね」

ララの細い指先が、アストロメモリをプリンターに入れ、スイッチを押す。

羞恥《しゅうち》に頰《ほお》を染めた、自分のペーパードールが出てきた。

「え？　あれ？　乳首がない」

印刷された美柑の画像には、胸のぽっちりもなければ、股間もつるつるだった。これで

は人形だ。それでいて胸のふくらみやおヘソ、髪のハネ具合までもそのままに写し取られている。

「だってペーパードールだから」

「あ、そっか。そのまま印刷されるわけじゃないんだね」

「そうだよ。これだと恥ずかしくないでしょ」

「うんっ」

プリンターがうなり、折りしろつきの服のみを印刷した紙がいくつも出てくる。

「わーっ。まんがのふろくそのまんまだーっ。どうしよう。どれもこれも全部ステキ。全部つけてみたいっ」

「全部つけていいんだよ。紙だし、着替えも簡単だから」

「ありがとうっ。ララさん」

美柑は全裸でしゃがむと、ショーツの横から出ている折りしろを引っ張って、台紙から剝がした。剝がすとき、磁石《じしゃく》のような手応《てごた》えがあった。

「マグネット？」

「マグネットっていうよりシールかな。貼りつけると折りしろが消えるよ」

自分のペーパードールにショーツのシールを貼りつける。

「わっ」

光の粒子がきらきらと輝きながら自分の周囲を取り巻く。羽根が触れるような、かすかにくすぐったい刺激があり、自分の身体にショーツが装着されていた。

材料は紙だというが、質感は悪くない。ジャストサイズの下着は、こんなにも着心地がいいのかと目を見張る。

「へえ。布っぽいっていうか、布そのものっていうか。……でも、匂いは紙とインクだね」

「ふふっ。そうだね」

美柑はさらにブラジャーもペーパードールに貼った。

すぐさま自分に装着される。

ブラジャーは、紙とインクの匂いをさせながらも、胸をしっかりとサポートし、ふんわりと形良く包みこんでいる。

「すごい。ぴったりだ……」

美柑は両手で胸を押さえながら、伸びあがって窓ガラスを見つめた。雨戸を閉めた窓ガラスは鏡のように美柑を映《うつ》す。

ケミカルレースのブラジャーは、ふくらみの曲線に添《そ》うようにワイヤーが入っていて、胸の形がくっきりしている。ショーツもすべすべした透明感のある生地《きじ》で、大人の女性に変身した気分だった。

美柑は、腕を回したり、しゃがんだりして、着心地をチェックした。フィット感が最高だ。

「すごいすごい。ずりあがってこないよ」

雨戸を閉めた窓ガラスが、自分の姿を映している。自分と目があった美柑は、カタログの下着モデルのように片手をあげて腰をひねったポーズを取った。大人っぽい自分の姿にうっとりする。

「私もこんなの着てみたんだよ。どうかな?」

ララがポーズを取った。赤のブラジャーに赤のガーターベルト、赤のショーツに、赤のシーム入りストッキングという小悪魔的な下着だ。

いつものララならぜったいつけない下着だが、ミルクを固めたみたいな肌の白さとプロポーションの良さが引き立って、これはこれで悪くない。

「すごい。ララさん、似合う」

「似合いますわ。お姉様。でも、それ、私のほうが、もっと似合いそうな気がします」

モモがにこにこしながら立っていた。

「わ、びっくりしたっ。モモさん」

美柑はびっくりして身体をすくませた。

ブラとショーツでポーズを取っているところを見られてしまい、顔がかぁっと赤くなる。

あわててスリップをペーパードールに貼りつける。

光の粒子が身体の周囲を取り巻く。やがてすべらかな布の感触がして、スリップが身体に装着された。

肩ヒモがさらさらした布地を吊《つ》りさげているワンピース型のランジェリーで、M字の胸元からお腹《なか》、太腿《ふともも》までを隠している。幾重《いくえ》にも重《かさ》なる裾《すそ》のフリルが豪華で、お姫様みたいだ。

「後片づけ終わりました」

モモは愛らしく笑っている。

「ありがとう。ごめんね。洗い物、押しつけちゃって」

「いいえ。お気になさらず。……着せ替え人間遊び、いいですね。私もしてもいいですか。その赤いランジェリー、着てみたいです」

「いいよー」

「脱げばいいんですね。お姉様」

「うん。デジプリドールくんって、脱がなきゃいけないのがめんどうだよね。背中のファスナー、下ろしてあげる」

「ありがとう。お姉様」

モモが袖《そで》を抜き、ワンピースを脱いでいく。さすがプリンセスというべきか、脱ぎ方が上品だ。服を脱ぐモモからは、未熟《みじゅく》な色気が漂って、同性ながら顔が赤くなってしまう。

小学校でアイドル扱《あつか》いされる美柑だが、モモのようなしとやかな女の子らしさは自分にはない。

モモは、シンプルなブラジャーとショーツをつけていたが、それも全部脱ぎ捨てて、全裸になった。

「お姉様、私、これとこれをつけたいですわ」

「この赤いのね？　じゃあ、写すよー」

ララがデジカメを構《かま》え、写真を撮る。

「まうまうー」

「どうしたの？　セリーヌもつけたいの」

美柑が聞くと、セリーヌはこくこくとうなずいた。

「まうまうーっ」

頭頂部から咲いているお花がフルフル揺れた。

「どれがいい？　これ？　ララさん、これも写してあげて」

美柑は、セリーヌが指差したページを開けてララに差し出す。

「うん。これだね」

ララがデジカメを床のカタログに向ける。

「セリーヌ、服を脱ごうね」

「まうまうー」

セリーヌのワンピースを脱がしていくと、くすぐったかったのか、きゃっきゃっと声をあげて笑った。

頭頂部のお花を傷つけないよう、そっとシュミーズを脱がせ、ショーツを下ろす。

平らな胸にぽっこりお腹、ぷくぷくの短い腕、小さな足。

花の精とはいえ、外見は人間の幼女そのままで愛らしい。

「まうまうー」

セリーヌは、自分を写してとばかりに腕をバタバタさせながら、ララに合図をした。

「撮るよー」

フラッシュの光がセリーヌの身体を包む。

「ララ様、私もしたいです」

人間化したペケが、デジカメを構えたララにねだっている。

「ペケも着せ替えをするの？」

美柑は首をひねった。フォームチェンジができるペケが着せ替え遊びをしたがるというのが、意外だったのだ。

「私は着られる立場ですので、一度着てみたいと思っていたのです。ララ様、服を消します」

　ペケの服装がみるみるうちに消え失せて、少年の身体になった。

「きゃあっ！」

　股間をバッチリと見てしまい、両手で顔をふさいで悲鳴をあげる。

「ペケ、女の子になってよ。美柑が恥ずかしがっているよ」

　ララがメッというような口調で言った。

「それは失礼を。承知しました」

　首から肩のラインが柔らかくなり、胸が隆起《りゅうき》して少女の身体へと変身する。

　――知らなかった。ペケって、男にも女にもなれたんだ。

「いいよ。写すねー」

「私、プリントをしますね。お姉様、アストロメモリをください」

　美柑は、ララたちの様子を横目で見ながら、自分のペーパードールから服のシールを剝がしては、新しいシールを貼りつけて、着せ替え遊びを楽しんだ。

　すべすべの生地でできたランジェリーは、見かけはひんやりして涼しそうに見えるのに、実際に着てみると、肌にさらさらとまとわりついて温かく、美柑を大人っぽく彩《いろど》る。違う自分に変身した気分で楽しい。

　ララとモモ、セリーヌとペケも、はしゃぎながら着せ替え遊びを楽しんでいる。

「まうまうー」

ブラジャーにショーツをつけたセリーヌがにこにこしている。ぺったんこ胸にぽっこりお腹のセリーヌが、平らな胸にブラジャーをつけている様子は、海辺ではしゃぐビキニ水着の女児のようでほほえましい。

「ガーターベルトでストッキングを吊る衣裳、一度着てみたいと思っていたんですよ。あ、私って、何を着ても似合いますわ」

モモは赤のランジュリーを着ていた。ブラジャーもショーツもシーム入りのストッキングもガーターベルトも全部赤だ。ショーツとストッキングの間の絶対領域が、下着の赤に縁《ふちど》取られ、ミルク色に輝いている。

「なるほど、服を着るというのは、こういう感じなのですね」

キャミソールにフレアパンツのペケが感心している。

——あ、そうだった。

着せ替えごっこの楽しさに夢中になってしまったが、美柑のしたいことはぴったりくるブラジャーを手に入れること、だったのだ。

ワイヤー入りとワイヤーなしと、どちらが美柑に向くのだろう。両方試してみよう。

「まうまう」

セリーヌがララの太腿に抱きついて、さかんに上を指差している。

「ナナも呼んでこいって言っているみたいだね」

ララが解説した。

「呼んだかー？」

ナナがやってきた。ショートパンツからすらっと伸びた長い足が美しい。

「噂《うわさ》すると影だね」

「わっ、な、なんだ。セリーヌ、なんで水着を着てるんだ？　姉上も美柑も下着姿じゃないか」

ナナの驚きようがおもしろく、三人で顔を見合わせてにここにこする。

「着せ替え人間遊びだよ。これをこうするとね」

ララが自分のペーパードールからシールの下着を剝がした。

たちまち全裸になってしまう。

「わああっ。姉上っ。どうしてハダカになるんだっ!?　ペケはどうしたんだ？　腹が痛いのかっ。エネルギー切れかっ」

「ナナ様、私はここにおりますよ」

「ペケが下着姿だぁっ」

「こうして服のシールを貼るとね」

ララは、別のシールの紙洋服を貼りつけていく。シンプルなショーツにニーソックス、それにキャミソールの、かわいい感じの下着姿になった。

「フォームチェンジしたっ！」

「そうだよ。フォームチェンジの技術をそのまま使ってるの。デジプリドールくんだよ。デジカメで撮ってプリントすると、ペーパードールができるしくみなの」

ララがデジカメを持って説明する。

「なるほど……。楽しそうだな。姉上、あたしもやってみたい！」

「いいよー」

「仮面と鞭《むち》って、女王様っぽくてステキですね」

モモはまたも着せ替えをしていて、今度は黒のビスチェに黒のストッキング、黒のショーツに黒のドミノマスクの女王様スタイルになっていた。

窓ガラスに映った自分を見つめて陶酔《とうすい》している。

たしかに女王様ルックはモモに似合っていた。モモの小悪魔的な魅力が引き立って、かわいい女王様ができあがっている。

「すげぇ似合ってるぞ。仮面に鞭なんてそのまんまだ」

ナナの言葉に、美柑は吹き出しそうになった。モモは女の子らしく気働きができて、かわいらしい外見をしているのに、ときおり黒い本音《ほんね》をのぞかせる。

上品なしぐさやかわいらしい外見に騙《だま》されてしまうが、内側までしとやかとは限らない。

そういうところも女の子っぽい。とはいうもののモモのリトへのちょっかいは、妹としては少し複雑だ。

「ナナーッ」

「わ、な、なんだ？　ど、どうしたっ!?」

モモに怒鳴《どな》りつけられたナナがあわてふためく。繊細《せんさい》さに乏《とぼ》しいナナは、モモがどうして怒っているのかわからないらしい。

「どの口がそういうことを言うのっ!?　この口なのっ」

モモが、被《かぶ》っていた猫をかなぐり捨て、ナナの頬をぐいと引っ張る。

「ぐげげっ、い、痛いっ。モモ、あたし、何もしてないだろっ」

つかみあいの大喧嘩《おおげんか》になるのではないかとはらはらしたとき、ララがいつも通りのおだやかな口調で言った。

「モモ、ナナ、これなんかどうかな？」

ララがカタログを差し出した。

「姉上、これ、銀河通販のカタログじゃないか」

「ふふ。ランジェリー特集だよ」

「これも着れるんですか!?」

「もちろん」

「私、この、お姫様みたいなのが着たいです。フリルが多くてステキですもの」

「似合わねー」

「ナナっ」

「フリルが邪魔《じゃま》だろ」

「お子さまなナナにはわからないのね」

「なんだよっ」

ケンカになりそうなタイミングで、ララがカタログのページを開いた。

「これなんかすごいよーっ。バストアッププラだって。つけるだけでサイズが二十センチアップするんだって」

──ララさんらしいや。

サバサバして裏表のないナナと、おませで腹黒なモモは、性格が正反対だ。

二人がケンカになりそうなとき、ララがいいタイミングで間に入り、二人の仲をとりもってしまう。それでいて、おしつけがましくないのがいい。無邪気で天然なララだが、優しくて妹思いのお姉さんだ。

「ほ、ほんとうに胸が大きくなるのかっ!?　二十センチもっ!?」

ナナが身を乗り出した。

「どういう仕組みなんですか？」

モモも興味津々《しんしん》だ。

二十センチも胸が大きくなるブラ！　寄せて上げるブラみたいなものだろうか。

銀河のテクノロジーはやはりすごい。試してみたいが、胸が大きくなるのは恥ずかしい。

「美柑はどう？」

「あはは、私はいいや」

「そう言わずにさ、やってみなよ」

「そ、そうだね……」

「わかった。プリントするね」

ララが輝くような笑顔を浮かべた。

「よーしっ、着せ替え人間遊びするぞーっ」

「ナナ、脱がなくちゃダメですわ」

「わ、わかった」

ナナがTシャツとホットパンツを脱ぐ。フラッシュが光る。

美柑とモモ、ナナの三人の妹たちは、わくわくしながら床に手をつき、ペーパードールを吐《は》き出《だ》すプリンターを眺《なが》めている。

そのとき、いきなりリビングのドアが開き、学生カバンをさげたリトが入ってきた。

「ただいまー。おーい、美柑。天気だけど……」

☆

「うっ！」

リトは、驚いて立ち止まった。

カラオケから帰ってきて、リビングのドアをあけただけなのに、大小さまざまの胸のふくらみが目の前で揺れていた。

生活空間で唐突《とうとつ》に行われた下着祭りに、頬《ほお》が熱くなっていく。顔はきっと赤くなっていることだろう。

頭の中は一気にヒートアップして、何を言おうとしていたのか忘れてしまう。

「みんな、そ、その格好《かっこう》……どうした……？」

ララはニーソックスにベビードールのかわいい感じの下着姿、モモは女王様ルック、美《み》柑《かん》はワイヤー入りのケミカルレースのブラとショーツ姿だ。それもローライズショーツではなく、大人《おとな》の迫力満載《まんさい》のハイレグパンティだ。ナナに至《いた》っては全裸《ぜんら》だし、セリーヌにペケまで下着姿だ。

女の子たちの甘い体臭《たいしゅう》に、インクと紙の匂《にお》いが立ちこめて何が何だかわからない。

——見ちゃダメだ！

あわてて顔を背《そむ》けたが、ランジェリーに包まれたララの胸が、スライムのようにぷるるんと揺れたことや、美柑の赤く染《そ》まった耳たぶと白いうなじ、わずかに隆起《りゅうき》した胸のふくらみ、ナナの股間《こかん》はばっちり見てしまったあとだった。

美柑とナナは、とっさに声が出ず、固まっている。

硬直しているのはリトも同じだ。まるで氷漬《こおりづ》けにされたみたいに身体《からだ》の自由が利《き》かない。

平然としているのはペケとセリーヌ、それにララとモモだった。

「あら、ふふふ。リトさんもやってみます?」

モモが小悪魔的な笑《え》みを浮かべた。女王様ルックのモモは、エロティックでどきどきするほど魅力的だ。やってみるとは、どういう意味だろう。

「あー、これはね」

ララがデジカメを持って説明をはじめた。ララの醸《かも》し出《だ》すふんわりした雰囲気が、こわばった空気をほどいて平常に戻す。美柑とナナの硬直が一気にほどけた。

「バカ兄貴っ」

「出てけっ!」

美柑がリトを押し、ナナがリトを蹴《け》り飛《と》ばし、美柑がドアを勢いよく閉める。

「うわぁっ。ごめんっ。ごめんなさいっ」

動揺による思考停止から急速解凍《かいとう》されたリトは、あわてて自分の部屋に入った。

閉めたドアに背中をもたせかけて息を荒《あら》らげる。

目の前に、柔《やわ》らかい稜線《りょうせん》を引くまあるい胸乳や、曲線で象《かたど》られたようなお尻《しり》の丸み。

開く寸前の百合《ゆり》のつぼみのような胸が目の裏にちらついて消えてくれない。

天気が悪いから洗濯物を取りこもうかと言いたくて、美柑に声をかけたはずなのに、用事なんかすっかり忘れてしまっていた。

☆

リトが出ていったリビングでは、美柑《みかん》とナナが動揺していた。

「やっぱアイツ、ケダモノだっ！　宇宙一のヘンタイだ‼」

全裸《ぜんら》を見られたナナが怒る。

「残念だわ。どうせなら、生まれたままの私を見てほしかったのに……」

モモが名残惜《なごりお》しげにつぶやいた。

「リトのバカ！」

美柑が憤《いきどお》る。ランジェリーの着《き》せ替《か》えごっこは、女の子だけの楽しみだ。よりにもよってリトに内緒の遊びを見られてしまい、消え入りたいほど恥ずかしい。

「美柑、ナナ、モモ。プリントできたよ。バストアップブラを試そうよ」

ララはこういうとき、なぐさめたり、なだめたりしない。なのに、ララがにこにこしながら言うだけで、おかしくなった空気が普通に戻る。

ナナとモモの表情がパッと輝いたのが見て取れた。たぶん自分の顔も輝いていることだろう。

「私が先です」

「次はあたしだっ」

「じゃあ美柑は三番めねー。……私もつけてみようかな」

ララが言った。

「お姉様の胸は充分大きいですのに」

「姉上、それ以上おっぱい大きくしてどうするんだ」

「どんなしくみになってるのか興味あるし、おもしろそうだしね」

モモ、ナナ、美柑にララが、競《きそ》いあうようにして着せ替えをすると、四人のブラがおそろいになった。

同じデザインのブラジャーをつけていると、四人のサイズの違いがよくわかる。

こぶりのメロンのような量感のある胸をしたララ、手の中にちょうど入りそうなお手頃サイズのモモ、ナナは美柑と同じぐらいのふくらみかけ。

銀河《ぎんが》のテクノロジーを集結したバストアップブラは、はじめ何の異常もなかった。

四人は顔を見合わせる。

「バストサイズ、アップしたのでしょうか？」

「わかんね」

「うーん。なんか変わってないような気がするよ」

美柑が言うと、ララもうなずいた。

「私も変わってない感じがするんだよね」

ナナとモモも同じ気持ちなのか、首をひねっている。

そのとき、ほんのり隆起《りゅうき》したふくらみの奥に、ぴりっと戦慄《せんりつ》が走った。

「ひゃんっ」

美柑はブラを押さえて悲鳴をあげた。ふくらみかけの胸は感じやすいのだが、その繊細《せんさい》な内側に、静電気のようなぴりぴりが走り抜け、感電したみたいに震えてしまう。まるで見えない手で揉《も》まれているみたいだ。

ブラのカップの表面が小刻《こきざ》みに波打っている。あとからあとから甘い刺激がなだれこんできた。美柑は背筋《せすじ》を反《そ》らし、寄せた眉根《まゆね》をせつなくさげて悶《もだ》えた。

「あっ、はっ、はぁ……っ」

ララも、ナナもモモも、顔を陶酔《とうすい》に歪《ゆが》めて息を荒《あら》らげている。

「な、何ですか、これ？　ぴりぴりします。まるで……しっぽをいじられたみたいな」

デビルークの三姉妹にとって、しっぽは感じやすいところなのだ。

「ララさん、こ、これ、何？　カタログに、書いてない？」

「えーと、あ、あんっ」

ララも顔を赤くして悶えていて、それどころではなさそうだ。

「私が読みますぞ」

「ペケ、ありがとう」

「大胸筋《だいきょうきん》と胸の脂肪《しぼう》細胞に電気信号を送って働きかけ、活性化を促《うなが》すブラジャーです、と書いてありますぞ。別名はおっぱいマッサージブラ」

「マッサージブラ!?」

四人の声が綺麗《きれい》にそろった。

「ブラをつけてる限り、胸をマッサージされ続けるってコト？」

「や、やだっ。こ、こんなの……だめぇっ」

「と、取らなきゃっ……やだっ、こ、これ、ホックがないっ」

美柑はあせった。ブラジャーにはフロントにも背中にもホックがなく、どうしたって外《はず》れない。

「……はぁっ、……んっ、やっ、やだぁっ」

美柑は悶えた。

――やだ。これ、変な気持ち……。

ふくらみかけの微乳《びにゅう》は、感じやすくできていて、机の角《かど》が胸にあたるだけでも痛くてたまらないときがある。

なのに、マッサージブラは、痛くならないギリギリで、ふくらみをやわやわと揉みしだく。甘くせつない刺激に、汗が噴《ふ》き出《だ》して身体《からだ》を熱く濡《ぬ》らしていく。

「あっ、あぁーっ、んっ、……んんっ、んーっ」

声が漏《も》れて止まらない。

美柑だけではなく、みんなも同じように悶えている。

「ペケ、は、外し方は？」

「カタログには書いておりませんね」

「そんなぁっ。ペケ、剝《は》がしてーっ」

「すみません。急に眠気が……エネルギーが切れ……」

ペケはその場にコトンと崩《くず》れ落《お》ち、お人形のように足を投げ出したままで眠りこんだ。

ペケのエネルギー切れは、いつも唐突《とうとつ》に起こってしまう。

「きゃーっ、どうしようっ。剝がしたいのに、剝がせないっ」

モモが顔を真《ま》っ赤《か》にして悶えている。

「まうまうーっ」

セリーヌの小さなぷくぷくした手が、ペーパードールの台紙から服を剥がした。

美柑の胸からブラジャーが消え、見えない手が揉みしだく感触までもが消え失《う》せる。

「外れたっ！　セリーヌ、偉《えら》いっ！　ありがとうっ」

美柑はセリーヌにそう言うと、すぐにナナ、モモの台紙からブラジャーを剥がしていく。

汗のせいか、紙がぶよぶよになっていた。ペーパードールは水に弱い。これはもう使用期限が過ぎてそうだ。

「ありがとう。美柑」

ララの台紙を剥がそうとしたとき、ララがふぅっとため息をついて伸びをした。ミルク色のふくらみがぷるるんと揺れる。

ララが片手に持っているブラジャーはカップの真ん中から二つに分かれていた。

「姉上、どうやって外したんだ？」

「フロントファスナーだよ。胸の真ん中のリボンがファスナーの取っ手だったんだよ」

「へえ。すごい。つなぎ目がぜんぜん見えない。さすが銀河通販だね」

地球製品ではありえない高機能のファスナーは、母が見たら興奮しそうだ。

☆

その頃、林檎《りんご》は、タクシーの後部座席でいらいらしていた。

「うーん、このあたりだと思うんだけどな……。すみません。このあたり詳《くわ》しくなくて」

運転手が申《もう》し訳《わけ》なさそうに言う。

林檎はタクシー運転手に頼んだ。

「ここでいいわ。停《と》めてくださる？」

「天気が悪いですよ。家の前まで行ったほうがいいのではありませんか」

「いいのよ。急いでいるの」

林檎はタクシーを降りた。

お金を払い、おつりを受け取る。

「メルシー」

ついフランス語が出てしまい、運転手が笑った。ふざけていると思ったのだろう。

スーツケースを引きながらせかせかと歩いていた林檎は、公園を見て顔をほころばせた。あれは子供たちを遊ばせた公園だ。あの自販機では三歳ぐらいの美柑《みかん》を抱きあげてジュースを買った。

ここは日本。林檎の故郷。懐《なつ》かしさで胸がきゅうっと甘く疼《うず》く。

この道の先に、我《わ》が家《や》がある。リトと美柑は元気だろうか。漫画の週刊連載で忙しいかもしれないが、夫にも声をかけて、家族四人で食事をしよう。

林檎は、自宅に向かって走り出した。

☆

「マッサージブラは困るね。美柑《みかん》の欲しいブラじゃないし」

ララが言った。

そうだった。ぴったりブラが欲しかったはずなのに、つい真剣に遊んでしまった。着《き》せ替《か》え遊びは楽しいが、根本的な解決になっていない。

「ララさん、そのカタログ、見せてもらってもいい？」

「いいよー。美柑」

ララから銀河《ぎんが》通販カタログを借りてぱらぱらめくる。銀河通販なら、ぴったりサイズに変化するブラジャーとか、売っていそうだ。

そのとき、砂が落ちるような音に気がついた。これは、雨粒《あまつぶ》が雨戸を叩《たた》く音ではないのか。

キッチンの小さな窓から、外の様子が見えた。銀の針《はり》のような雨が斜《なな》めに落ちて、結城《ゆうき》邸《てい》をぐるりと取り巻く生《い》け垣《がき》の緑が雨に濡《ぬ》れてつやつやしている。

「大変、洗濯物が濡れちゃうっ。取りこまなきゃ!!」

脱《ぬ》いだ服を着ようとするが、部屋が散らかっていて、どこにあるのかわからない。

美柑は銀河通販のカタログを適当に開くと、ワンピースの写真を撮《と》ってプリントした。

ショーツとブラジャーを自分のペーパードールに貼《は》りつけて、ワンピースもその上に重《かさ》ねる。

そしてあわてて外に飛び出して洗濯物に触《さわ》った。洗濯物はそれほど濡れていなかった。

この程度なら、洗い直しをしなくていい。乾燥機に入れるだけで大丈夫そうだ。

洗濯挟《せんたくばさ》みを外《はず》そうとしたとき、異変が起こった。

「きゃあっ」

ワンピースに穴があき、溶《と》け出《だ》したのである。

紙製のペーパードールだ。雨に弱い。わかっていたはずなのに、なんという粗忽《そこつ》さだろう。

家の周囲は生け垣で囲《かこ》まれているので、外からは見えないとはいえ、あまりの恥ずかしさに悲鳴をあげる。

☆

結城《ゆうき》リトは勉強机に向かい、宿題をしていた。

だが、ドリルの上に乗せられた鉛筆の動きは止まっている。

ふんわりふくらんだ胸のふくらみや、ショーツに包まれたまあるいお尻《しり》、つややかな太《ふと》腿《もも》、スリップの光沢《こうたく》や、モモの鞭《むち》、セリーヌのビキニが目の裏にちらつく。

「あーっ、集中できねーっ」

雨の音がした。

「ん？」

外を見ると、美柑《みかん》が洗濯物を取りこもうとしているところだった。

だが、妹は、胸元をかき寄せ、お腹《なか》を押さえて、おろおろしている。

「なんだ？」

美柑の着ているワンピースに穴があいて、ぼろぼろと崩《くず》れていく。

「きゃああっ。リト、助けてーっ」

「美柑ーっ!!」

リトは鉛筆を放り出すと、庭のほうへと駆け出した。

走りながらシャツのボタンを外《はず》していく。

靴も履《は》かず、ソックスのままで庭へと飛び降りる。外せなかったボタンを引きちぎって前を開き、袖《そで》を抜く。

「リトッ」

美柑はもう半泣きだ。寄せた眉根《まゆね》をハの字にあげて、唇《くちびる》をわななかせている。胸元と股間を押さえ、身体《からだ》をすくませ、生まれたての子猫のように震《ふる》えていた。ワンピースはほとんど溶《と》けて、白い肌《はだ》がのぞいている。

リトはシャツを美柑の背中に掛けると、妹を抱きしめた。

☆

美柑《みかん》は、たくましい腕と胸板の感触に陶然《とうぜん》となっていた。雨と兄の匂《にお》いに包まれる。リトが美柑を心配していることが、密着しているところから伝わってきてむずむずする。心の奥で、小さな蝶々《ちょうちょ》が羽ばたくようだ。

「美柑っ!!」

リトは心配そうな顔をしていた。

「平気……。洗濯物、取りこまなきゃ」

「洗濯物なんかどうでもいいっ!! 大丈夫かっ!?」

リトは、美柑を助けてくれる。美柑が困ったときは、駆けつけてくれる。リトにとって、美柑が泣くのがいちばん悲しいことなのだ。胸の奥が甘く疼《うず》く。

「紙製だから、雨に弱いんだよね。デジプリドールくんって、ペケの応用で、デジカメで撮《と》った写真がペーパードールになるんだよ」

心臓が高鳴って、喉《のど》から出そうだった。どきどきしていることを知られたくなくて、平然とした口調を装《よそお》って説明する。

「ララの発明品か。リビングで大騒ぎしてたのはそれか。困ったもんだな」

「ううん。私がうっかりしていただけ。ララさんは私のために発明してくれたの」

「美柑さーんっ。大丈夫ですか!?」

「美柑っ。いますぐそっちに行くからなっ。服着るからちょっと待ってくれっ」

「あーんっ。ペケー。早く起きてぇーっ」

「ナナ、バスタオル持っていってーっ！」

「わかったっ！　モモ、ところでバスタオルってどこにあるんだっ!?」

「もう、ナナは、家事を手伝わないからわからないのよっ」

モモとナナとララの声が響《ひび》く。

――お願い、みんな。まだ来ないで。

バスタオルを持ってきてくれるのは、ゆっくりでいい。このまま、リトに宝石のように抱きしめられたまま、じっとしていたい。リトの体温が伝わってくるから、雨の冷たさも気にならない。

美柑は気づかれないように深呼吸をして、兄の匂いを胸一杯に吸いこんだ。女の子にはない匂いだった。

頬《ほお》をリトの胸にすりすりしてなつく。

そのときだった。

「か、母さんっ」

リトが悲鳴をあげ、おろおろした。

「え?」

母がいるなんてありえない。今頃はフランスのパリ七区にあるエートルボヌポムのアトリエにいるはずではないのか。

信じられない気分で振り向くと、サングラスで前髪を留《と》めた母が立っていた。

「お母さんっ。帰ってきたのっ!?」

「か、母さん。こ、これはその、あ、雨が降ってきて、美柑の服が、と、溶《と》けて……っ」

リトはおろおろしながらも、美柑を抱きしめる腕を緩《ゆる》めない。美柑の服はもうほとんど溶けてしまっていて、全裸《ぜんら》にシャツをはおっただけの状態になっていたのだ。

美柑は動揺した。母は兄妹《きょうだい》で抱きあっている様子を見てどう思うだろう。恥ずかしいやら、気まずいやらで、うまく言葉が出てこない。

「これは何でもないんだよっ」

「何でもなくないわ」

林檎は鋭《するど》い眼差《まなざ》しで言った。

「美柑、この服、着なさい」

林檎《りんご》はバッグからワンピースを取り出した。

「あ、ありがとう……」

「早く着て。今度のショーに出す試作品のワンピースなの。そのために帰国したんだから」

「え……」

美柑だけではなく、リトも絶句している。

母にとっては、兄妹で抱きあっていることよりも、娘が裸でいることよりも、雨に濡れている洗濯物よりも、この試作品のワンピースを美柑が着ることのほうが大事らしい。

そうだった。林檎はこういう人だ。いつもの母だ。

「リトはシャツを広げて隠してあげて」

母の言うとおり、兄が広げたシャツの陰《かげ》で、たくさんのリボンで飾られたかわいいデザインのワンピースをスポッと被《かぶ》る。

林檎は雨でぬかるむ地面に膝《ひざ》をつき、裾《すそ》を直した。

「ど、どうかな？　着てみたよ。お母さん」

リボンでいっぱいのキュートな服は、あつらえたようにぴったりで、美柑をかわいらしく彩《いろど》った。

林檎は顎《あご》に手を置いて小首を傾《かし》げた。じっと美柑を見つめている。いや、母は、美柑ではなく、服を見ているのだ。世界的デザイナー、リンゴユウキの顔つきになっていた。

そして、母は、手と手を胸の前でポンと打ちあわせた。明るい笑顔を浮かべている。

「わかったわっ！　襟《えり》のリボンのバランスが悪いのね。西洋人のモデルって顔が小さいから、襟が大きいとバランスが取れないわ。ショーのための服なんだから、フランスの女の子にあわせて作らないと！　これで問題解決だけど、パターンからやりなおしだわ」

突然パリから帰ってくるなり服を着ろという母には驚かされたが、母が作ってくれた服はぴったりで、そしてほんとうにかわいかった。

これが仕事をする母なのだ。仕事に夢中な母を誇《ほこ》らしく思った。

「ところで、美柑、どうしてハダカだったの？　下着ぐらいはつけなさい。風邪《かぜ》引くわよ」

林檎は母の顔になっていた。いつも通りの優《やさ》しい母だ。

「えっ、今頃、気がついたのかよ？　母さんらしいや」

兄が笑った。母も美柑もみんなで笑う。

母に頼もう。ブラジャーを選んでほしいと。今はリトがいるので言えないが、あとでそっと母に頼もう。

「久しぶりだね。お母さん」

「ほんとうに久しぶりだわ。リト、美柑」

母は腕を広げると、美柑をきゅっと抱きしめた。

「二人とも、大きくなったわねぇ」

しみじみとした口調だった。

前を林檎に、背中を兄に抱擁《ほうよう》され、鼻の奥がツンとなった。泣けてきそうになった。

「美柑ーっ。持ってきたぞーっ」

ナナがバスタオルを振り回しながら走ってきた。

「美柑さーんっ」

「美柑ーっ」

「まうまうーっ」

モモとララとセリーヌまでもが走ってきた。

美柑には、こんなにも自分を心配してくれる人がいる。頼りになって相談できる人がいないなんて、自分は何を勘違《かんちが》いしていたのだろう。うれしさのあまり胸の奥がぐるぐるして、涙が出そうだ。

「みんな大好き」

美柑は小さな声でつぶやいた。

☆

「行ってきます」

別れを惜《お》しんでいた母の後ろ姿が、成田《なりた》空港の出発ロビーに吸いこまれていった。

「気をつけるんだよー。母さん」

見送りはここまでだ。

「ほんとうにトンボ帰りだったねー」

「だな。母さん、いったい何を作ってたんだ？」

リトが不思議そうに聞いた。

「内緒だよ」

母が日本にいたのは丸一日だけ。時間にすれば二十時間ほど。貴重な時間の四分の一ほどを、林檎《りんご》は美柑《みかん》と一緒に自分の部屋《アトリエ》に籠《こ》もり、ミシンを動かしていた。

鋏《はさみ》が小気味よい音を立てて布を切り、ミシンがカタカタと動き、ブラジャーを縫《ぬ》いあげていく。

買うものとばかり思っていたブラジャーがみるみるうちにできていく様子は、まるで魔法のようだった。

サイズもぴったりで、着心地もいい。当然だ。世界的デザイナー、リンゴユウキの一点ものなのだから。

――お母さんって、やっぱりカッコイイや。

美柑は晴れやかな笑《え》みを浮かべた。リボンがいっぱいのキュートなワンピースを着た美柑は、窓から差しこむ太陽光線に照らされて、明るく輝いていた。

第3話「Family trouble〜唯のパパはハレンチ!?〜」

「みんな勝手で　ハレンチだわっ」

Profile

古手川《こてがわ》　唯《ゆい》

古手川家の長女。遊の妹。成績優秀だが硬派で恥ずかしがり屋な性格。

古手川《こてがわ》　遊《ゆう》

古手川家の長男。遊び人だと思われているが、真面目で家族思い。

——今から二年前の三月。

中学三年の古手川唯《こてがわゆい》は、ぷんすかと怒りながら下校していた。
ブレザーの制服を着崩《きくず》すことなくきちんと着て、教科書でぱんぱんにふくらんだ学生カバンをさげている。気詰《きづ》まりな優等生という雰囲気だ。

——もうすぐ卒業だからって、みんなだらけすぎなのよっ!!

校門を出て、帰路をたどっている最中だというのに、いらだちが収《おさ》まらない。
中学卒業の前なので、授業はもうほとんどなく、今日の授業も午前中の二時間だけ。しかも二時間ともが自習だった。おかげで教室の雰囲気はゆるゆるになっていた。
おしゃべりの声がうるさくて、だらけきった教室の雰囲気が我慢できず、何度か注意したのだが、あっさりスルーされてしまった。

——許せないわっ!!

注意を無視されるのは、唯が無印の生徒だからだ。風紀や規則にうるさいくせに、とくに役職のない生徒。それが古手川唯のポジションだ。

あと一か月もすれば高校生だが、彩南《さいなん》高校は、どんな雰囲気なのだろう。高校生は、中学生と違って落ち着いているのだろうか。

高校に入学したらクラス委員になろう。いやいやクラス委員は風紀を守る役職とはちょっと違う。風紀委員のほうがいいだろう。

考え事をしながら歩いていたら、塀《へい》の上でひなたぼっこをしている猫と目があった。

「君は野良猫なの？」

猫は、何か用事？　とでも聞くように小首を傾《かし》げ、ひげをぴくぴくさせた。こういうとき唯は、猫にも人間の言葉が通じると思ってしまう。

「かわいいっ」

触《さわ》ってもいいのだろうか。野良猫はたまにひとなつこい子がいて、撫《な》でても怒らずにいてくれる。そっと手を伸ばしたら、この猫はモフモフさせてくれるだろうか。

ほんとうは猫を飼いたいのだが、母が猫アレルギーなので飼うことはできない。

「触らせてね」

唯は猫を驚かさないよう、そうっと手を伸ばした。

あともう少しで指先が猫の頭に触れる、という瞬間、猫パンチが飛んできた。爪《つめ》をたっぷり伸ばした強烈パンチが、目にも留《と》まらぬ速さで放《はな》たれたのである。

唯はあわてて手をひっこめた。だが、一瞬遅く、自分の手の甲が、がりっと派手な音を立てる。

「きゃっ」

痛いというより熱い。ヒリヒリしている。

右手の甲から人差し指と中指にかけて、三本線ができていた。

血の滴《しずく》が等間隔に盛りあがり、赤いビーズを連《つら》ねたようだ。

「ごめんね。君をびっくりさせるつもりはなかったのよ」

あわてて謝《あやま》るが、猫はしなやかな身体《からだ》を翻《ひるがえ》して塀の上を走り去っていく。猫の姿は塀の向こうに消えた。

手の甲が熱く、ひりひり痛い。

ビーズだった血の滴は、不定形に揺れながら筋《すじ》になって流れていく。唯はティッシュで手の甲を押さえ、きゅっと唇《くちびる》を嚙《か》んだ。

☆

唯《ゆい》は玄関のドアをあけるなり、母に聞いた。

「ただいま。お母さん。バンソーコーあるかな？」

「おかえり。今ね、ケーキ作ってる最中なのよ。忙しいから自分で出してくれる？　泡立ては時間が命なのよー」

キッチンから母の声が聞こえた。

母は料理上手《じょうず》で、おいしいご飯《はん》と甘いお菓子を作ってくれる。とくに母のクッキーとパウンドケーキは絶品だ。手作りならではのさっぱりした優《やさ》しい甘さで、いくらでも食べることができる。

母の体型がふっくらしているのは、中年太りというよりは、お菓子を試食しすぎたせいだろう。

もっとも母には抜けたところがあり、たまに失敗して大騒ぎをする。

「わかったわ。自分で出すね」

薬箱を取り出すが、バンソーコーの箱は入っていない。

「お母さん、バンソーコーないよ」

「そうだわ。お父さんが持っているはずよ。本の端《はし》で指を切ったって、箱ごと持っていったのよ。書斎《しょさい》の机にないかしら。……きゃああっ。どうしてうまく泡立ってくれないのよーっ。えいえいっ!!」

キッチンから、電動泡立て器がうなる音が聞こえてくる。

「何を作ってるのよ？　お母さん」

「シフォンケーキ。新作にチャレンジよっ!!　きゃーっ。泡がハネたわーっ。やだぁっ」

今日のケーキは失敗らしい。母に頼るのは無理そうだ。

書斎は父の仕事部屋なので、あまり入ったことがないが、いつもだらしない父のことだ。部屋は散らかり放題で、バンソーコーの箱を見つけるのはかなり大変なのではないだろうか。

ドアを開けたとたん、空気がピンと張りつめた。

書棚《しょだな》には、六法全書《ろっぽうぜんしょ》に判例《はんれい》六法、行政法に特許法、そのほか、ありとあらゆる法律の本が整然と並んでいる。ものがあるべきところにおさまっていて、几帳面《きちょうめん》に整理されている。

――意外だわ。ゼッタイ散らかってると思っていたのに。お母さんが掃除しているのかな？

家に帰るなり、脱《ぬ》いだ背広とネクタイを椅子《いす》の背に掛け、くつ下を脱ぎ散らかし、襟《えり》をゆるめたワイシャツ姿で新聞を読みながら遅い晩ご飯を食べるだらしない父なのに、書斎にはほこりひとつ落ちていない。

ここは父の仕事の部屋。背筋《せすじ》が伸びる感じがする。

――あれ、これ、なに？

本が整然と並んだ上に古めかしいクッキーの空《あ》き缶《かん》が置いてあった。

唯は、どきどきしながら缶のフタをあけた。

何枚かの写真が入っていた。

若いときの父だ。大学時代だろうか。大学の学食らしいところで、兄の遊《ゆう》そっくりの明るい笑顔を向けている。

——へえ。お父さんの若い頃って、こんなだったのね。お兄ちゃんにそっくりだわ。

何枚目かの写真を手に取ったとき、唯は絶句した。

——なっ、何よっ。これはっ!?

どこかの海水浴場で撮《と》ったらしい退色した写真で、海パン姿の青年とビキニの女性が腕を組んでVサインをしている。

——この女の人、誰？

父に腕を絡《から》めて立っている女の人は、モデル並みのスタイルをしていた。

スレンダーなのに、出るところは出た体型で、Dカップはありそうなふっくらした胸を三角ビキニが包み、キュッとくびれたウエストから腰へのラインは鋭角的な曲線を描いている。

すらっと長い脚《あし》が見事だった。

光線の加減で、顔ははっきり写っていない。髪型やビキニのデザインは昔風だが、それでも綺麗《きれい》系の造作《ぞうさく》であることはわかる。

――お父さんの昔の恋人だわ！

頬《ほお》を殴《なぐ》られた気分だった。

唯はあわてて写真を缶に放りこんだ。

目の前が白くなり、一瞬何も考えられなくなった。

「ハレンチだわっ！」

唯は叫んだ。

「信じられないっ。お父さん最低よっ」

缶のフタを閉じ、元のところへ乱雑に突っこむ。

「おーい、唯。何を騒いでいるんだよー？」

兄の遊が、あくびをしながらやってきた。

高校生の遊は、いつもなら放課後は、カラオケだのゲームセンターだのアルバイトだの忙しくしている。こんな時間に家にいるのは珍しい。

血相《けっそう》を変えている妹の唯を見て心配そうに聞く。

「どうしたんだ？　唯。顔色、悪いぞ」

「ふんっ。知らないっ！」

唯は書斎を飛び出した。

「唯ちゃん。どうかした？　何を怒っているの？」

エプロン掛けの母が出てきて、心配そうに聞いた。

今は母と話せない。父の昔の恋人なんて、母に言えるわけがない。唯は母に何も言わず、ぷいと顔を背《そむ》けると、玄関に向かった。

「お昼ご飯どうするの？」

「いらない！」

「唯ちゃんてば、イライラしちゃって……。カルシウムが足《た》りないのかしらねぇ……」

のどかな母のため息を背中で聞きながら、玄関のドアを乱暴に閉めた。

「きゃっ」

春の強い風が唯のスカートを揺らした。唯は声をあげてスカートを押さえた。

風までもが、唯をからかっているみたいだ。

しかも自分は手ぶらではないか。財布《さいふ》も持たずに、いったいどこに行くつもりだったのだろう。

だが、今さら家に戻りたくない。

「おーい。唯ー」

ためらっていたとき、遊が追いかけてきた。

「何を怒っているんだよ？　俺、何かしたっけか？　母さん、心配してたぞ」

「お父さんに怒ってるのよ!!　お父さん、お、女の人の……み、水着の……えっと……しや、写真……」

若い頃の父と水着美女とツーショットのスナップ写真が出てきた、とは言えなかった。

「エッチな写真？」

唯は、かっと顔を赤くさせた。

「違うわっ。若い頃のお父さんと水着の女の人の写真よっ！」

「だったら別にいいんじゃないか？」

「よくないっ」

「写真ぐらいで騒ぐなよ。それぐらい普通だろ。過剰《かじょう》反応だよ」

違う。唯が衝撃《しょうげき》を受けたのは、若い頃の父が、母でない女の人とつきあっていたことなのだ。

唯は、うつむき、唇《くちびる》を噛《か》んだ。

今日はなんという日なのだろう。

みんな勝手だ。

クラスメイトは唯の注意を無視するし、猫は唯を引《ひ》っ掻《か》くし。

手が痛い。痛くて痛くてたまらない。寒いし風は強いし、自分だけが不幸を一身《いっしん》に背負《せお》っている気分になる。

「なんか様子がおかしいな。俺でよければ話してみろ。聞いてやるから。えっと、そうだな。そこ入ろう」

遊は、近くの公園を指差した。

☆

「その写真って、母さんじゃないのか？」

「絶対違うっ！　スタイル良くて、綺麗《きれい》な人だったよっ。私はお父さんのフケツでだらしないところが許せないのっ!!」

唯《ゆい》は公園の水飲み場で手を洗いながら言った。猫に引《ひ》っ掻《か》かれた傷を洗い流しているのである。ヒリヒリは治《おさ》まったものの、蚯蚓《みみず》腫《ば》れになってしまって痛々しい。

桜の花にはまだ早いが、それでもつぼみはふくらんで、今にもほころびそうになっている。水飲み場の周囲は、たんぽぽが咲き乱れてあざやかだ。

その明るさがイヤミに思えて、イライラが募《つの》った。

ベンチに腰かけ、唯の話を聞いていた遊《ゆう》は、否定も肯定《こうてい》もせず考えこんだあと、いきなり言った。

「父さんの仕事ぶり、見に行かないか？」

「え？」

「だからさ、父さんがフケツでだらしないかどうか、自分の目で確かめるんだよ」

父は弁護士だ。今は法廷に立っているか、父の経営する弁護士事務所で書類作成をしているか、あるいは依頼者と面談しているかのどれかのはず。

家ではぐうたらでだらしない父だが、弁護士としての父は知らない。ほんわかしてちょっと抜けている母に頼りっぱなし。ソックスの場所さえわからない。ご飯《はん》さえひとりで炊《た》けない。

母がいないとダメダメな大人《おとな》のくせに、昔の恋人の写真をこっそり隠し持っている薄情者。

「そんなの無理よ」

「無理じゃないよ。父さんさ、今日は法廷の食堂でご飯食べるから、お弁当はいらないって言っていたろ。午後は法廷だよ。法廷って、誰でも傍聴《ぼうちょう》できるんだ」

「誰でも?」

「ああ。非公開だとだめだけど、原則見学オッケーだ」

父が弁護しているところを見学する? 父はどんな風《ふう》に仕事をしているのだろう。唯はまだ一度も裁判所に行ったことがない。

「お父さん、どんな顔して法廷に立ってるんだろ? 私、お父さんがだらけてるところしか、見たことないよ」

「父さん、真面目《まじめ》に仕事やってると思うけどなぁ。年賀はがき、事務所から持ち帰ってるの、知ってるか？」

「知らない」

「父さんが昔に弁護した人たちから、写真入り年賀はがきが事務所あてに来るんだよ。それを父さん、家に持って帰って、大事にしてるんだ。こっそり見て、『あの事件の依頼者、就職したのか、よかったなぁ』なんて言って、目を細めてる」

「ふぅん……」

「だから唯が、自分の目で見るんだよ。仕事してる父さんをさ」

「……いいかもしれない」

「だろ？　俺も、父さんが働いているところ、一度見てみたいって思ってたんだ」

遊は、スラックスのポケットからケータイを取り出すと、短縮ダイヤルを押して耳にあてた。

「あ、古手川《こてがわ》弁護士事務所ですか。僕、古手川遊です。……いえ、父に替わってほしいんじゃなくて、父の仕事を見学したいので、どこの法廷か、教えてほしいんですが……わかりました。午後一時から、裁判所の第四〇七法廷ですね。傍聴券の抽選《ちゅうせん》はなしですか。はい。はい。ありがとうございました」

遊は、ていねいに礼を言ってケータイを切った。

「お父さん、いやがらないかな？」

「変装して傍聴しようか、って思ってるんだ」

「変装!?」

思いがけない提案に目を見張る。

「俺さ、バイト代が出たばかりなんだ。服を買ってやるからさ。化粧《けしょう》をして、別人に変装するんだ。父さんは弁護に忙しいし、傍聴人なんていちいち気にしないと思うんだ。変装したら気づかれないぜ」

変装して、裁判所に行き、法廷に立つ父の仕事ぶりを見るなんて、ドキドキする。

――変装なんて不真面目だわ。

――でも、仕事しているお父さんを見るためにはしかたないかも……。

――これは家族のためでもあるのよ！

「……わ、わかったわ……」

「よし、服を買いに行こう。ちょっと早いけど、先に昼飯《ひるめし》にしようぜ。おごってやるよ。ハンバーガーでいいか？」

「うん」

遊は上着のポケットに手を突っこむと、ひょうひょうとした足取りで歩き出した。唯はあわてて兄を追いかけた。

遊は、唯の歩く速さにあわせて足取りをゆっくりにしてくれた。

「そうだ。これやる」

遊が後ろ手を伸ばしてきた。人差し指と中指のあいだに、折《お》り畳《たた》まれた厚紙《あつがみ》が挟《はさ》まれていた。

「何これ？」

「道歩いてたら、もらった。ポケットに入ってた」

お店の名前が大きく入った粗品《そしな》だった。上着に長く入っていたのか、紙の端《はし》が折れ曲がり、くたっとなってたわんでいる。厚紙を開くと、バンソーコーが二枚入っていた。

「ありがとう。お兄ちゃん」

唯は、手の甲にできた猫の爪痕《つめあと》に、バンソーコーを貼《は》った。

☆

ハンバーガーショップに入ってきた女の子たちが入口のところで立ち止まり、そわそわしている。

兄を見ているのだ。

「ねぇ、見て。あの窓際《まどぎわ》のカレ、カッコイイ。モデルみたい」

「ほんとね。アイドルにいそうだよね」

遊《ゆう》と一緒に出かけると、女の子の視線は唯《ゆい》を飛び越えて遊にだけ集中する。

兄はモテる。そして、あのスナップ写真の父は、その遊にそっくりだった。

――若いときのお父さんは、モテたのかな？　恋人がたくさんいたのかな？　いたんだろうなぁ。

「あのブレザーの女の子、何？　中学生ぐらいだよね？　彼女にしちゃ地味っていうか、文学少女風ね」

「妹じゃないの？　顔が似てるっぽい。お兄さんがカッコイイのに、妹は、垢抜《あかぬ》けないんだね。かわいい顔をしてるのに」

――ふんっ。どうせ私は地味よっ。

唯はジンジャーエールをずずっと飲んだ。

ブレザーの制服を改造せず、標準のままで着ている唯は、たしかにどこか垢抜けない。だが、ファッションにうつつを抜かすなんてハレンチだ。中学生の本分は勉強だ。規則はきちんと守られるべきだ。

「こっち向いてくれないかなぁ」

女の子たちのはしゃぎ声は、兄の耳にも入っているはずなのに、遊はもう慣《な》れっこになっているのだろう。涼しげな顔をしてハンバーガーを食べている。

「お兄ちゃんは、恋人、いないの？」

遊はゴホッと咳《せ》きこんだ。

「なんだよ。急に。そういう話はハレンチじゃなかったのか？」

「聞いてみただけよ。深い意味はないわ。お兄ちゃん、モテるから、恋人がいるのかなって思ったの」

「恋人はいないけど……好きな人は……いる……」

遊は、頬《ほお》を赤らめてそっぽを向いた。

兄の照れ顔は珍しく、唯は顔をほころばせた。つついてやりたくなってしまい、にましながら聞いてしまう。

「どんな人？」

「バイト先の先輩なんだけど……」

「年上なの!?」

「ああ……片思いで……すげぇ綺麗《きれい》な人でさ……。俺なんか子供扱《あつか》いでさ。……うわっ。俺、なんでこんなこと、唯に話してるんだ？　すげぇ恥ずかしいっ。今のナシッ！　忘れてくれっ。なっ？」

「うん。わかった。忘れてあげる」

唯はふふっと笑った。

見かけの派手さからチャラ男《お》だと誤解されることの多い兄だが、遊はけっして軽薄ではない。実直《じっちょく》でまじめなタイプだ。年上の女性に片思いなんて、遊らしい。

――それなのにお父さんってばっ！

水着美女とのツーショット写真を隠しているなんて、娘としては許せない。

「ハレンチだわ……っ」

小さな声で言ったつもりだったのに、兄の耳には届いてしまったようで、遊が不思議そうに眉《まゆ》をあげた。

「んっ？　どうかしたか？」

「なんでもないの」

唯は唇《くちびる》を尖《とが》らせて下を向いた。

☆

食事のあとで遊《ゆう》が連《つ》れて行ってくれたところは、ファッションビルだった。

遊は、レディスファッションのブティックが立ち並ぶ通りを見るともなしに眺《なが》めながらそぞろ歩いている。

最新ファッションが陳列《ちんれつ》された店は、カラフルな色彩がはずんでいて、服を選ぶ女の子たちも楽しそうな表情を浮かべている。

平日の昼下がりということもあり、買い物客はまばらで、春物の新作に身を包んだ店員は、どこか暇そうにしている。

ファッションにまったく興味のない唯《ゆい》には、オシャレな雰囲気が新鮮だ。

「ねえ。お兄ちゃん。まだ歩くの？　そろそろ一周するよ」

「そうだな」

兄はひとつの店先で足を止めた。

ティーンズ向けの元気でかわいい服を並べている店だ。

「ここならいいかな？　値段も手頃だし」

「え？　この店？　派手じゃない？」

「派手なぐらいでないと変装にならないだろ。これなんかいいんじゃないか」

遊がマネキンを指差した。

身体《からだ》にぴったりしたカットソーに白いボレロ、ひらひらのついたミニスカートを着ている。スカートは太腿《ふともも》が丸出しになるほど短く、カットソーはおへソがのぞく長さで、白のボレロは、胸の下あたりまでしか長さがない。

スカートの短さといい、おへソが見えてしまうことといい、遊んでいる女の子の服装だ。オシャレな街《まち》では、こんな格好《かっこう》をした女の子たちがわんさか歩いていることだろう。

「寒そうね。お腹《なか》が冷《ひ》えるわ」

「あはは、そうだな。でも、唯が着るんだよ」

「こんなはしたない服を着るの!?　私がっ？」

「唯が絶対着ない服を着なきゃ変装にならないぜ。父さんにバレたいのかよ？」

唯はムッとした表情で黙りこんだ。

こんなに短いスカートも、お腹の出るカットソーも、ほんとうは着たくない。

でも、変装しないことには父にバレてしまう。

こっそり法廷を見学に来たことがバレると、父に叱《しか》られるかもしれない。

——ああ、もう、どうすればいいのよっ!?

不真面目《ふまじめ》な服装のマネキンを睨《にら》みつける。

ブティックの店頭で、マネキンを親の敵《かたき》のように睨んでいる唯は異様に映《うつ》るのか、買い物袋をさげた人たちが、珍しそうに眺めながら通り過ぎていく。

「何を探してるの？　お客さん」

店員が笑顔を浮かべて声をかけた。唯はタメ口に驚いてしまったが、遊は平然としている。ファッションブティックの店員は、友達っぽい感じで応対するものなのだろうか。

二十代はじめに見える女性だが、ティーンズファッションを元気よく着こなしている。髪は茶色に染《そ》めているし、爪《つめ》はマニュキアが塗《ぬ》られている。派手な服を着ているのに、はしたない感じはなかった。

「一万円ぐらいでひとそろい欲しいんだ。今っぽいコーディネイトで、妹に似合うのを選んでほしいんだけど」

「予算一万円だね。じゅうぶんだよ」

「これなんか似合うんじゃないかなって思うんだけど、妹はスカート丈《たけ》が短すぎるんじゃないかって気にしてるんだ」

「……あ、あの……」

こんな短いスカートは着たくないと言いたいのだが、兄と店員の会話に口を挟《はさ》むことができない。

「ティアードスカートって、重心が下だから、背が低く見えるんだよね。だから、マイクロミニにしなきゃバランスがとれない」

「意味もなく短いんじゃなくて、それなりの理由があるわけか」

「うん。でも、妹さんは、足が長くて腰の位置が高いから、普通のミニスカートでも似合うと思うよ。お客さんなら、サイズはこれかな」

店員の手が動き、たくさんのハンガーの中から迷うことなくスカートを選び出した。魔法のような手つきだった。

なるほどマネキンが着ているマイクロミニではないが、それでも短い。膝小僧《ひざこぞう》が丸出しになる長さだった。

「このスカートに、ニーソックスをあわせるとすらっとして見えるよ」

「唯は、お腹が出るのもいやなんだよな？」

「だったら、カットソーはニットにすればどうかな。寒そうに見えないし、妹さんはほっそりしているからきっと似合うよ。あてていい？」

あてる？　何のことだろう。首をひねっていると、店員が手招《てまね》きをして、鏡の前に立つように合図した。

店員はハンガーのままでセーターを唯の胸にあてた。

「この黄色とこの水色だと、水色のほうが顔うつりがいいね。顔色が明るく見えて、かわいらしい感じだよね」

──うっ。……た、たしかに、ちょっとかわいい……。

茶髪《ちゃぱつ》の店員は、口調のフランクさとは違い、熟練《じゅくれん》のわざで服を選んでいく。

兄と二人で歩いていると、女の子の視線は遊に集まり、唯を通り抜けるものなのに、店員は唯をまっすぐに見る。

この店員は、派手な格好をしているのに、はしたなくない。

おしゃれをすることは、ハレンチではないのだろうか。

「このニットにこのスカートをあわせるの。どう？　このニット、丈が長めだから、縦《たて》のラインが強調されるよ。こういうコーディネイトって、お客さんみたいに、ウエストが細くて足が長い、スタイルのいい子でないと着こなせないから、普段はあんまり勧《すす》めないんだけどね。お客さんは特別だから」

――私って、スタイルがいいの？

自分がどんなプロポーションをしているかなんて、考えたこともなかった。

――何なの、この気分……。

スタイルがいい、と言われるのは悪い気分ではなかった。うれしいような、困ったような気分で、そわそわする。

「いい感じだね」

遊がうなずいた。

あれよあれよというちに、店員の手と兄のアドバイスによって、唯に似合うティーンズファッションが選ばれていく。唯はきょろきょろするばかりだ。

「お客さん、試着しておいでよ」

そのコーディネイトは、唯の目には派手に見えた。今まで一度も着たことがないたぐいのファッションだ。

だが、カラフルな色彩は、心をくすぐるような華《はな》やぎに満ちている。

――着てみたいな。ほんとうに私に似合うのかな？

——だめよ。こんな浮ついたファッション、ふしだらだわ。

——でも、変装しなきゃ。お父さんの秘密を知りたいんでしょ？

唯は葛藤《かっとう》した。

——家族のためよ。変身するのだから、着てみなきゃ。

「し、試着してみるわっ」

声がみっともなくうわずってしまった。

唯は、服を両手で抱《かか》えて試着室に入った。ニットはぴったり。明るい色味で、顔が明るく輝いている。違う自分になったみたいだ。だが、ウエストがきつく、ホックがとめられない。

——やっぱり、変身なんて、無理だったんだ……。

テンションが一気にさがり、脱《ぬ》ごうとしたとき、店員が声をかけた。

「カーテン、あけてもいい？」

「あ、……は、はい」

「ああ、これはね。ニットをインしないで、スカートの上に出して着るの」

「こんな感じ？」

「そうだよ」

身体にぴったりしたニットは、ウエストの鋭角《えいかく》的な曲線が強調されて、プロポーションが良く元気に見える。

鏡に映《うつ》る自分は、明るい水色のニットのせいか、いつもの唯と違って、かたくななところがなく、はずむように明るく見えた。

「上着とアクセサリーをあわせるから、出てきてくれる?」

「こ、このまま?」

「そうだよ」

唯は、おずおずと試着室から出た。

「ど、どうかな? お兄ちゃん?」

「似合う。かわいくて大人《おとな》しい感じだ」

「お客さんにぴったりだね。すごく似合うよ。上品だね」

大人しい感じ? かわいい? 上品? 似合う?

「派手じゃない?」

唯が聞くと、兄が首を振った。

「ぜんぜん。すごくかわいい」

違う自分になった気分で、胸が騒いだ。

そうだ。これは冒険だ。自分ではない自分になって、いつもの自分ならぜったい行かないところに行く。

「首のあたりが寂《さび》しそうだから、大ぶりのアクセをつけたほうがいいと思うんだ。このコーディネイトだとネックレスは……」

店員の手が、アクセサリーを飾った棚《たな》で迷うように動く。

──わぁ。すごく綺麗《きれい》……。

宝石のように美しいたくさんのアクセサリーの中で、リボンを首に巻いた黒猫のブローチが、やけにくっきりと浮かびあがって見えた。目のところがガラス玉でできていて、あざやかに輝いている。

「……私、……こ、これが、好き……っ！」

「じゃあ、このブローチ、つけてみようか」

アクセサリーなんて、幼稚園の卒園式で胸に花のブローチをつけて以来だ。店員の指が胸元に伸び、留《と》め金《がね》をつける。

襟元《えりもと》を飾るブローチは、きらきらと光り、唯の顔を明るく輝かせた。

「いいね。似合う」

遊が言った。

「こっちのほうがいいかなって私は思ってたけど、それも似合うね」

店員は、大ぶりのネックレスを見せながら言った。

「お客さん、おしゃれのセンスあるよ」

──センスがある？　私が？

唯はすっかり楽しくなった。気詰《きづ》まりな優等生、地味でかたくななな女の子、それが自分の決まり文句なのに。

鳩尾《みぞおち》のあたりまでしか長さのない、ショート丈の白のボレロを羽織《はお》り、ウエストに飾りのベルトを巻く。ウエストの細さが強調されていい感じだ。

小さなバッグを持ったら、コーディネイトは完全にできあがった。

「ありがとうございました」

支払いは一万円を超《こ》えてしまったが、遊がお金を出してくれた。

唯は脱《ぬ》いだ制服を入れた紙袋を持って店を出た。

「その……、お、お金使わせて、ご、ごめんね。お兄ちゃん」

「いいよ。唯がかわいくなったしな。……楽しそうだな」

「そ、そんなこと、ないんだからっ！」

言ってから、バイト代を使って服を買ってくれた兄に対して悪かったかな、と思い直す。

「ほ、ほんと言うとね。……ちょっと、……すごく、楽しかった……。は、恥ずかしいけどっ」

唯はつんっと顎《あご》をあげた。

遊は、あはははと笑った。

この兄は、唯がこの冒険を内心で喜んでいることを、見抜いているようだった。

「化粧《けしょう》したら完璧《かんぺき》なんだけどな」

唯は絶句した。

「……けっ、化粧まで、す、するの?」

「うん。変身するんだから、そこまでやりたいよな。……ちょっと待っててくれ」

兄はメンズカジュアルのブティックの前で、急に足を止めた。店に入り、すぐに出てくる。遊は上着を脱いで、サングラスをつけていた。

「お兄ちゃん。それ、変装?」

「うん。千円だった」

シャレたデザインのサングラスで瞳《ひとみ》を隠したことにより、造作《ぞうさく》の良さが強調されて、よけいにモデルっぽく見える。

「わぁ……」

「見て……」

女の子たちがそわそわして遊を眺めている。

「あの人、すごくカッコイイ。隣の女の子もいいね。しとやかで大人しい感じだね。まじめそうだけどカワイイ」

「雰囲気、似てるね。妹なのかな?」

ささやく声が聞こえてきた。

――オシャレな服を着て歩くのは、はしたなくないのかな？　まじめだけどカワイイって言ってくれてる。

――ふ、ふんっ、こ、これは、家族のためよっ。しかたなくしてるのよっ！

だがそれでも、垢抜《あかぬ》けない地味な女の子と呼ばれるよりは、しとやかでかわいいと言われるほうがいい。

唯は足取りも軽く歩いていく。

化粧品コーナーに来た兄は、きょろきょろとあたりを見渡している。

「ただいまキャンペーン中です。無料でメイクしてますよ。そこのお嬢さん、いかがですか？」

美容部員が声をかけた。さっきのファッションブティックの店員と違って、パンツスーツをきちんと着た、きりっとした感じの店員だ。

「あ、ちょうどいいや。お願いします」

遊が言った。

「はい。どうぞ。おかけになって」

「えーっ!?　や、やだっ」

美容部員に手招《てまね》きされ、唯は後込《しりご》みをした。

「いいから行ってきなってっ」

背中を押され、しぶしぶ席に座る。

「お嬢さんはおいくつ？」

「ちゅ、中三です」

「春から高校なんですね。高校でメイクデビューする方、多いですよ。お客さんの学校では、どんな感じかしら？」

「私の中学で化粧してる子は、ハレンチな子ばっかりです」

「ふふっ。綺麗にしたり、おしゃれを楽しむことはハレンチじゃないですよ。だって、楽しいじゃないですか？　気分が明るくなるでしょう？」

たしかにそうだ。化粧はまだ早い気がするし、おしゃれは照れくさくて恥ずかしいが、たしかに気分が明るくなる。

化粧水を含《ふく》んだコットンが唯の肌《はだ》の上をパタパタしている。

しなやかな指が肌をいじる感触は、単純に心地《ここち》がよかった。

化粧なんて七五三《しちごさん》のお参り以来だ。香料の甘い匂《にお》いにうっとりする。

「まつげが長くて綺麗ね。お嬢さんはお若いし、美人でいらっしゃるから、化粧は薄いほうがいいでしょう」

美容部員のしなやかな指先が動き、クリームを薄く塗《ぬ》り、パウダリーファンデーションを肌に伸ばす。

目の周囲にアイペンシルを滑《すべ》らせていく。

まつげにマスカラ、唇《くちびる》に口紅《くちべに》を塗る。

アイシャドーを軽く塗ると化粧は終わりだ。

「はい。終わりよ。目をあけてくださる？」

――これが私？

透明感のある肌は、剝《む》いたゆで卵みたいにつるつるで、ほんのり色をのせた頰《ほお》が桃のように輝いている。長いまつげはくるんと上を向き、瞳はぱっちりと大きく見え、ピンクの唇は花びらみたいだ。

唯は鏡に映る自分に見とれた。ほんのちょっと化粧するだけで、こんなに綺麗になるのかと驚いてしまった。

――何をぼうっとしているのよっ!?　私ってばっ。

化粧なんて早すぎる。恥ずかしくて照れくさい。だけどうれしい。

「髪をブローしますね。健康な髪だから、こうやってブラシでまっすぐにするだけですごく綺麗になるわ」

美容部員は、ドライヤーで髪をブローしてくれた。

まっすぐな黒髪がさらさらと風に揺れる。ぐっと垢抜けて見えた。

「どうかしら？」

「あっ、ありがとうっ、ご、ございますっ」

照れくさくてどもってしまう。おじぎをして店を出る。

「お、お兄ちゃん、あ、ありがと……」

「ああ。……そろそろはじまってる頃だな。裁判所に行こう」

「そうね」

唯は緊張した。

☆

地方裁判所は、古めかしくていかめしい建物だった。

「裁判の見学をしたいんですが」

入口の受付で、兄が傍聴《ぼうちょう》をしたい旨《むね》を告《つ》げると、係のおじさんが法廷の部屋番号と、裁判の内容を書いたファイルを見せてくれた。

ファイルに記載《きさい》されている、いくつかある裁判のうち、父が弁護する裁判を見つけ、指を差す。

「この、四〇七法廷で行われるのを見たいんですが、もうはじまってますよね。途中から入っても大丈夫ですか？」

「途中入席も途中退席も大丈夫ですよ。傍聴ははじめて？」

「はい」

「じゃあ、これをどうぞ」

『傍聴の手引き』というパンフレットを渡された。文庫本サイズの薄っぺらい小冊子《しょうさつし》で、傍聴のさいの注意事項や、裁判の流れなどがコンパクトにまとめられている。

「サングラスは大丈夫ですか？」

「裁判官の考え方次第《しだい》ですね。外《はず》すように言われたら外してください」

「ありがとうございました。行ってきます」

「四〇七法廷は四階だから、エレベーターに乗ったほうがいいですよ」

親切な受付のおじさんにお礼を言ってからエレベーターに向かう。

裁判所の独特の雰囲気に圧倒されながら廊下を歩く。空気が重くてどことなくほこりくさい。光量はじゅうぶんあるはずなのに、薄暗く感じてしまう。ここは罪《つみ》を裁《さば》くところ。遊び半分で来てはいけない感じがある。

——お父さん。こんなところで仕事なんてできるの？

四〇七法廷には入口が二つあり、傍聴人入口から傍聴席に入る。

すでに裁判ははじまっていて、ドアをあけると同時に父の声が聞こえてきた。

奥の高い位置には黒い法服の裁判官。手前には検察官の席がある。カバンではなく、書類を風呂敷《ふろしき》に包んであるところが珍しい。

さらに手前には椅子《いす》があり、男性が背中を向けて座っている。刑事ドラマそっくりのレイアウトに驚いて、緊張しながら着席する。

——お父さんだ。

スーツの父が、椅子に座った人に向かって話しかけていた。

『今やってるのは、弁護士弁論っていうそうだ』

パンプレットをめくった兄がささやく。

「あなたはレストランに入って何を注文しましたか？」

「ステーキ十人前とパンを十人前です」

「なぜそんなにたくさん注文したんですか？」

「失恋したからです」

「やけぐいをしようとしたわけですね？」

「はい。その通りです」

「あなたはサラダバーのサラダもほとんど全部食べましたね」

「はい。かなり食べました」

聞いているだけで胸焼けがしそうな犯罪だった。

やけぐいをするにしても、十人分も食べなくてもよさそうに思える。

「お金は払うつもりでしたか？」

「もちろんです。うっかりして、財布《さいふ》を忘れたんです」

「いつ、財布を忘れたことに気がついたんですか？」

「ステーキを全部食べ終わったころに気がつきました」

「あなたは逃げ出しましたね。しかも、パンをくわえたままで」

「はい。レジに人がいなかったし。家に財布を取りに戻ろうとしたんです」

「店主に追いかけられて、パンをくわえたままで逃げた。そこを警察につかまった。それで間違いありませんね」

「はい。その通りです」

「失恋のショックでやけぐいをしたと。食い逃げをするつもりはなかったんですね？」

「はい。いまは心から反省しています……」

「もうこのようなことはしないと誓《ちか》えますか？」

「はい。もう二度としません……」

「裁判長、被告は心から反省しています。情状酌量《じようじようしやくりよう》の余地ありです！」

優《やさ》しそうな響《ひび》きを帯《お》びていた父の声が、ひときわ大きくなった。

スーツをビシッと着て法廷に立ち、身振り手振りをまじえて話す父は、堂々としていた。

まるで別人のようだった。

これがあの、パジャマをだらしなく着て、家でごろごろしている父なのかと、驚かずにはいられない。

『お父さん、カッコイイね』

『そうだな。確かにカッコイイな』

父がふいにこちらを見た。ばちっと目があう。

——ひゃーっ。

唯はあわてて下を向き、遊はサングラスのブリッジを指で押さえた。

『お父さん、気がついたかな?』

『わかんねぇ』

父のスーツの襟《えり》についた弁護士バッジがきらりと光る。

☆

「古手川《こてがわ》先生。ありがとうございました」

法廷の廊下で、依頼者とその家族が、父に頭をさげている。

「これからはあのようなことは二度とないようにしてくださいね。そもそも、やけぐいなんかしちゃだめですよ」

「わかってます。ありがとうございます」

依頼者は、何度も頭をさげながら階段を降りていった。唯《ゆい》は、兄と一緒に、観葉植物の陰《かげ》からその様子を見ていた。

『お兄ちゃん、そろそろ行こうよ』

『そうだな』

父に気づかれないよう、そっとその場を離れようとしたときのことだった。

父がふいにこちらを向いた。

「きゃっ」

唯が悲鳴をあげた。

「うっ」

遊《ゆう》が首をすくめて背中を向ける。

「遊、唯、出てきなさい」

きっぱりした口調だった。

『バレてる?』

『みたいだな』

ためらっていたところ、父は悠然《ゆうぜん》とした様子で歩《あゆ》み寄《よ》ってきた。かかとの音がカツカツと鳴る。

唯は気まずい表情で観葉植物の陰から出た。兄の遊も同じ気持ちなのか、サングラスのブリッジを押さえてそっぽを向く。

「傍聴《ぼうちょう》していたのか？」

父は二人に向かいあって聞いた。鋭《するど》い視線で唯を見ている。さっき、弁護士として法廷に立っていたときと同じ顔だ。まるで身体《からだ》の内側の本音《ほんね》を見るような視線だった。父の前ではウソはつけない。そんな気がした。

——お父さんに怒られる！

唯は緊張し、肩をすくめてうなだれた。

「気がついていたのか？　父さん」

「気づかないわけがないじゃないか。法廷に途中入室する人って珍しいんだよ。傍聴マニアの人たちの顔は自然と覚えるしな」

「せっかく変装したのになぁ……」

遊がつぶやいた。

「それ変装だったのか？」

唯は不承不承《ふしょうぶしょう》うなずいた。

「なるほど、それでサングラス……くくっ、あはは……っ」

父は盛大に吹き出した。おもしろくてしかたがないとばかりにお腹《なか》を押さえて笑っている。

敏腕《びんわん》弁護士の仮面が外《はず》れ、家でくつろいでいる父の素顔に戻った。目を見張るほどあざやかな変貌《へんぼう》だ。

「に、似合ってないかな？」

父があまりに笑うので、唯は不安になって聞いた。

「似合う。その服、すごくかわいい。選んだのは遊か？　母さんは選ばない服だな」

「うん。お兄ちゃんが買ってくれたの」

「バイト代、出たばかりだったんだ」

「こづかいがなくなったんじゃないのか？　父さんが出してやろうか？」

「唯にプレゼントしたんだから、俺が出しておくよ」

「んっ？　唯、化粧《けしょう》もしてるのか？」

「うん。ちょっとだけ」

「化粧なんてどうやったんだ？　はじめて化粧したにしちゃ、上手《うま》くできてる」

「ファッションビルの美容部員さんがやってくれた」

「なるほどね。綺麗《きれい》だよ。よく似合ってる。でも、化粧はまだちょっと早いかもな」

「私もそう思ってたの」

唯はほっとしていた。

父に見つかったら叱《しか》られると思っていたからだ。父は怒るどころか上機嫌《じょうきげん》で、楽しそうに笑っている。

黒い法服の裁判官や、書類を包んだふろしきを胸に抱《かか》えた検事、スーツ姿の弁護士に、傍聴マニアらしき人たちが、廊下で立ち話している唯たちを、物珍しそうに眺《なが》めながら歩いていく。

「何か用事か？」

「用事っていうか、父さんの仕事ぶり、一度見てみたいなって」

「それで変装か。唯のそのカッコ、若いときの母さんみたいだな。母さんも、昔はミニスカートが似合ったんだぞ」

そうだ。用事だ。用事があってやってきたのだ。

父の若い頃のツーショット写真。

――お父さんは、お母さんじゃない女の人とつきあっていたの？

だが、聞けない。そんなこと。口に出してしまうと、家族がバラバラになってしまう。

聞きたいのに聞けなくて、胸の奥がモヤモヤする。

「こら。唯、そんな顔するな」

遊がこつんと頭を叩《たた》いた。

「きゃっ」

「こいつさ、父さんが昔の恋人といちゃいちゃしているツーショット写真、見つけたって言うんだ。水着美女だってさ」

兄があっさりと言った。唯はあわてた。

「ちょっ、お兄ちゃんっ!?」

「それって、母さんと一緒の写真じゃないのか?」

「俺も同じコトを聞いたけど、母さんじゃないって言い張るんだ」

「うーん。そうか」

父はうなり声をあげて考えこんだ。

それはさっき、公園で相談を持ちかけたときの兄の仕草《しぐさ》とまったく同じだった。親子して、妙なところで似ている。

「それで父さんの仕事ぶりを見学しようって流れになったわけか」

「うん。父さんがハレンチかどうか見に行こうって誘ったんだ。俺としても、唯におしゃれをさせるチャンスだと思ったし」

「そうか」

父はスーツのポケットからケータイを取り出すと、電話をはじめた。

「古手川です。今、裁判所にいるんですが、これからの予定を確認したいんですが。……

今日のアポイントは夕方五時半の打ちあわせだけなんですね。じゃあ、大丈夫だな。五時半までには事務所に戻ります」

「えーっ。お父さんっ。仕事があるんでしょ?」

「書斎《しょさい》のパソコンがあれば事務処理は家でもできるよ」

確かに父は、家にいるときは書斎に籠《こ》もっていることが多い。

「それに、唯に誤解されたままというのは困るしな。弁護士としては、自分の弁護をしないとな」

「だよなー。唯ってさ、頑固《がんこ》ってか、お堅《かた》いところあるしな」

遊がちらっと唯を見た。

唯はつーんと顎《あご》をあげてそっぽを向いた。頬《ほお》が熱くなっていた。

「さっ。帰ろう」

父が唯の背中を軽く叩いた。

☆

「ただいま」

唯《ゆい》が玄関のドアをあけると、お菓子の甘い香《かお》りがふわっと漂った。ケーキはどうやら成功したようだ。室内は暖かく、なごむ空気に満ちている。

裁判所といういかめしいところから帰ってきたせいか、優《やさ》しい雰囲気にほっとする。

「お帰りなさい。あらあら、みんな一緒なの？」

母が、バニラエッセンスの香りを振りまきながら出てきた。

家族三人が一緒に帰ってきたことにとまどいながらも、機関銃のように話し出す。

「唯ちゃん。その服かわいいわ。若いときのお母さんみたいだわ。遊《ゆう》ちゃんはなんでサングラスをかけてるの？　マフィアごっこ？」

マフィアごっこと言われて、遊は苦笑しながらサングラスを外《はず》す。

父はスーツの上着を脱《ぬ》いで椅子《いす》にかけると、ネクタイを取った。ワイシャツの襟《えり》をゆるめてふーっとため息をつく。ソファにだらしなく腰をかけ、新聞を広げる。

「あなた。仕事は大丈夫？」

「五時ぐらいまで大丈夫だよ。いい匂《にお》いだな。ケーキか？」

「ええ。あなた。さっき焼けたところなの。食べる時間ある？」

「ある」

「コーヒー、淹《い》れてくださいな」

「うーん」

父はめんどくさそうな生返事《なまへんじ》を返した。ソファから腰をあげるのさえ邪魔《じやま》くさい、という雰囲気だ。

「あなたのコーヒーがいちばんおいしいから淹れてほしいわ」

母に言われて、父はしぶしぶ腰をあげた。

「手洗いうがいをしてくださいね」

母に言われて、あわてて洗面所に向かう。

「ケーキを切り分けてくるね」

母がいそいそとキッチンに行き、戻ってきた父がリビングのコーヒーミルに手を伸ばす。

「唯、そのツーショット写真、どこにあるんだ」

兄が聞いた。

「書斎の棚《たな》よ。……お父さん、書斎に入ってもいい？」

「いいよ。後ろめたいものはないからな」

唯は遊と一緒に父の書斎に入り、書棚から、クッキーの缶を取り出した。

「これなの」

「なんか秘密の宝箱って感じだな。唯が触《さわ》りたがるの、わかるよ」

遊は、箱ごと抱《かか》えてリビングへと移動する。

「えー、箱ごと持って行っちゃうの？」

「だって父さん、後ろめたいところはないって言っていただろ」

「い、いいのかな？」

兄はリビングの食卓に、父の秘密の宝箱をでんと置く。

「持ってきたよ」

ミルの取っ手を回してコーヒー豆を挽《ひ》いていた父と、ケーキを皿に取り分けていた母が、いそいそとのぞきこむ。

「じゃーんっ」

遊が効果音を入れながら、クッキー缶のフタをあける。

唯はドキドキしながらそれを見ていた。父の秘密の宝箱をオープンにするのは、どことなく気恥ずかしい。

缶の中に収《おさ》まっている写真を見た母の顔がぱっと輝く。

「これ、私と父さんだわ」

「うん。母さんと私だ。大学のときだな。二人で海水浴に行ったんだよな」

「だろー。そんなところだと思ってた」

兄がふーっとため息をついた。

「ええーっ」

びっくりしているのは唯だけだ。

「ほら、ここ、手首のところにほくろがあるでしょ？」

母が写真を指差した。

袖《そで》を軽く引っ張って、手首のほくろを強調する。たしかに同じ位置にほくろがある。

「ほ、ほんとだっ。……で、でも、スタイルが良すぎるわ！」

「お母さん、若い頃はプロポーションが良かったのよ」

母はエプロンの胸を張った。

唯は、母と写真を見比《みくら》べた。スレンダーな写真の女性と、ふっくらした今の母と同一人物には思えない。写真の女性は、顔ははっきり写っていないとはいえ、綺麗《きれい》系の印象だった。

「そりゃもう、若いときのお母さんは、今の唯ちゃんみたいにスマートだったんだから。大学のマドンナと言われていてモテモテだったのよ」

「お母さんは太ってないよ。ふっくらして見えるだけだ」

「父さん。それフォローになっていないぞ」

母と父、それに兄のかけあい漫才のような会話を聞きながら、唯は脱力していた。

父の若い頃の恋人だと思い動揺したのに、あの衝撃《しょうげき》は何だったのだろう。誤解で動揺して大騒ぎして、バカみたいだ。

「もう、唯ちゃんってば。そんなにびっくりしないでよ。信じられないっていう顔つきね。母さんの昔のアルバムがどこかに……」

「母さん、先にコーヒーにしよう」

「そうね。ケーキを持ってくるわ」

「母さん。俺も食器並べるの、手伝うよ」

☆

母のケーキは、レーズンとドライフルーツのパウンドケーキだった。

パウンドケーキは、焼きたてがおいしい。一日おくとずっしりした食感になるが、焼きたてはふわふわモチモチで、口の中で溶《と》けていく。

「お母さん、このケーキ、おいしいよ。いつものとちょっと違うよな」

「うん。母さん。すっげぇ、うまい」

「ほんとはこれ、失敗作なのよね。シフォンケーキを作ろうとしたんだけど、卵の泡立てがうまくできなくて。しかたがないからベーキングパウダーを振り入れて、パウンドケーキ風に焼いちゃったの」

「お母さんの作ってくれるものは、全部うまいよ」

「でしょでしょっ。やっぱりお母さんはお菓子作りの天才ね！　……お父さんのコーヒー、いい香《かお》りだわ。すごくおいしい。お父さんのコーヒーって、飲む分だけ豆からミルで挽《ひ》くから、喫茶店並みのおいしさよね」

唯《ゆい》は苦《にが》いのが苦手で、砂糖とミルクをもりもりに入れるため、コーヒーの味はまだよくわからないのだが、それでも香りが良いことはわかる。

「ケーキのおかわりもあるわよー」

「私、おかわりする」

「俺もおかわり」

四人とも、夢中でケーキを食べた。

唯が二切れ目のケーキを食べているとき、母がアルバムを取り出してきた。

「これが結婚前のアルバムよ。大学生だったの。お父さんと知りあった頃よ」

母がアルバムのページを開く。昔風のファッションに身を包んだ母が、父と手をつないで写《うつ》っていた。

あまりの衝撃《しょうげき》で、目の前がクラクラした。水着写真の綺麗《きれい》系の女の人だ。

「唯に似てる、ってか、母さんに似てる。目が同じだ」

遊《ゆう》が驚きの声をあげた。

「そりゃ、母さんだしな」

コーヒーのおかわりを飲んでいる父が苦笑する。

「ね？　唯ちゃん。お母さん、昔はスレンダーだったでしょ？」

写真の母はほっそりした身体《からだ》を当時の最新ファッションに包み、晴れやかに笑っていた。無邪気《むじゃき》な笑顔がかわいらしい。

「母さん。写真うつりいいよな。なんか唯の写真よりかわいくないか？」

遊が遠慮がちに言った。

「唯はカメラ向けられると、むっつりするんだよ。母さんは反射的ににっこりするから、かわいく見えるんだ。唯は美人だよ。父さんの自慢の娘だからな。まっ。いちばん綺麗なのは母さんだがな」

父がすかさずフォローする。

「お父さんってば、ほんと口がうまいわねぇ」

「弁護士だからな。弁が立たなきゃ仕事にならないぞ」

——ほんとだわ。

唯は内心でうなずいた。法廷に立つ父を見たあとだから、よけいに納得《なっとく》できる。

「あれ、これ、結婚式の写真？」

教会で、白いドレスの母と、スーツの父が腕を組んで立っている写真だった。母は幸せそうに笑っていた。

ほっそりした身体に、白いドレスが似合っていて、モデル並みに美しい。

「そうよ。ああ、私ってなんて綺麗なのかしら」

母はほうっとため息をついた。

「自分で言うなって」

父がツッコミを入れる。

「お父さん、この頃、司法試験に合格してた？」

「してた。けど、独立前で、大変だったんだよ」

「新人のあいだは、大きな弁護士事務所に居候《いそうろう》して、実務を覚えるの」

「月給、安いんだろ？　どうやって生活してたんだよ？」

「結婚後しばらく共稼《ともかせ》ぎだったの。遊ちゃんを妊娠《にんしん》して、会社辞《や》めてしまったのよね。昔は育児休暇もとれなかったのよ。……ああ、これこれっ。お母さんがウエイトレスをしていたときの写真よ。お母さん、遊ちゃんを保育園に預《あず》けて働いてたの」

　スーツ姿の若い父が、幼児の遊を片腕で抱き、スラックスにエプロン姿の母と手をつないでいる写真だった。ウエイトレスの仕事のためだろうか。髪を結《ゆ》わえてお団子にしている。

　母のお腹《なか》は大きくなっていて、エプロンに隠されたお腹が幸福そうに突き出していた。

「お腹の中に、私がいるのね」

「そうよ」

「お父さんスーツなんだぁ」

「この頃、独立して、古手川《こてがわ》弁護士事務所を構《かま》えたんだよ」

「私ってば、唯ちゃんを生んでから、体質が変わって太りだしたよね」

「体質が変わったっていうより、幸せ太りなんだよ。唯が生まれてから、事務所が軌道《きどう》に乗りはじめたからな。はじめの頃は赤字でな、母さんに苦労かけっぱなしだったから」

父は懐《なつ》かしそうに目を細めて笑った。

――いいなぁ。こういうの。

妊婦の母とスーツの父が手を取りあっている写真は、温かい空気が流れていて、見ているだけでほんわかする。

父の苦境時代を働いて支《ささ》えた母も偉《えら》いし、がんばって事務所を軌道に乗せた父も偉い。

二人の間に流れているのは、お互いを思いあう信頼だ。

――私も、お父さんとお母さんみたいな結婚をしたいな。

両親はどこで出逢《であ》い、どうやって愛をはぐくみ、結婚したのだろう?

「お父さんとお母さんは、大学でクラスメイトだったの?」

唯が聞くと、遊があれ?　というような表情で唯を見た。らしくないことを聞いていると思っているのだろう。

「うん。大学の授業で一緒だったんだけど、母さんは大学のマドンナで、高嶺《たかね》の花っていうか、手の届かない存在だったんだよ」

「そうよー。お母さんモテたんだから」

母がふっくらした胸を張った。

「それもう聞いたって。どうやって知りあったんだ？　父さんがナンパしたのか？」

「ナンパじゃないぞ」

「お母さんが困ってたときに助けてくれたの。お母さん、電車の中で居眠りしちゃって。はっと気がつくと知らない駅で、あせって電車から降りたら、バッグを電車の中に忘れちゃって。あっと思うと、目の前でドアが閉まって発車しちゃったの」

「あはは。なんか母さんらしいや。で、お父さんがかっこよく助けてくれたんだな？」

遊が言った。

「そうよ。ケータイ電話とかなかった頃だから、真っ青《まさお》になっておろおろしていたら、たまたま同じ駅を降りたお父さんが、どうしたんですか？　って話しかけてくれたの。お父さんがてきぱき連絡してくれて、バッグがちゃんと戻ってきたの。それまではただの同級生だったのに、なんかしっかりした人だなって思って、それからつきあうようになったのよね」

――ふぅん……。お父さんがねぇ……。

父はしっかりした人だという母の話は、唯を驚かせた。

信じられない話だが、法廷に立つ父の弁護士としての仕事ぶりを見た今だと、そういうこともあるかもしれないと思える。

「結婚のきっかけは何だったんだ？」

「お父さんがプロポーズしてくれたの」

「じゃなくて、お母さんが結婚しようと思ったきっかけ」

遊が聞いた。

「うーん。そうねぇ。……あ、アレがきっかけかもしれない」

「アレって何？」

唯が聞く。

「お母さん、体調が悪くなっちゃったのね。ひとり暮らしだったから、お父さんに助けてって、電話したの。お父さん、自転車ですぐに来てくれたんだけど、司法試験の朝だったのよ!!　お母さん熱が高くて、試験の日だって忘れてたのね」

「うわぁ。そりゃマズイ」

「母さんも大変だったんだぞ。高熱と腹痛で救急車を呼んだんだ。緊急手術になったんだな」

「大きな病気だったの？　お母さん」

「盲腸《もうちょう》だったの」

「なんだ盲腸か」

「なんだじゃないぞ。遊。盲腸って大変なんだぞ」

「それで父さん。試験には間にあったのか？」

「ああ、ギリギリで間にあった」

「お父さん、その試験、合格しちゃったのよ！　あんなに大騒ぎしたのにっ」

「そりゃすごい。父さんってすごかったんだな」

遊が素直《すなお》な尊敬の視線で父を見ている。

唯も同じ気持ちだった。

運命を決める大事な試験の朝に、恋人の病気に奔走《ほんそう》し、試験に合格してのけた父はすごい。

「手術中の母さんを残して試験会場に行ったんだし、俺もがんばらないとって思ったんだ」

父はどことなく照れているみたいだ。

母も丸い笑顔を浮かべている。

「お父さんだったら、お母さんが困ったときも助けてくれるって、そう思ったの」

「司法試験に合格して、うぉーって叫んで、その勢いでプロポーズしたら、母さんがはいって言ってくれたんだ」

「きっと赤い糸だったのよね」

母がしみじみと言った。

――赤い糸かぁ。いいなぁ。

「私も……」

――私も赤い糸の相手と知りあうのかな。お父さんとお母さんのような恋愛をするのかな。

唯の赤い糸の相手は、いったいどこにいるのだろう。人を好きになることはハレンチではない。まして、赤い糸の相手なら。

唯は自分の左手をじっと見た。

小指に結ばれているという運命の赤い糸は、唯には見えないが、本当に誰かに繋《つな》がっているのだろうか。まだ見ぬ誰かは、どんな顔をして、いったいどこにいるのだろう。今は何をしているのだろう。

「んっ？　どうしたの？　唯ちゃん」

「なんでもない。お母さん。今度買い物に連れて行って。服を選んでほしいの。おしゃれな服を買いたいな」

「あらいいわよ。おしゃれな服を着るのはいいことだわ」

「だって、おしゃれするのは……」

あとを引き取って遊が話す。

「ハレンチじゃないしな」

唯の口癖を先に言われ苦笑する。

父と母が笑顔を浮かべた。遊も楽しそうに笑っている。

家族四人の食卓に、バニラエッセンスの甘い香りと、おだやかな時間が流れていた。

☆

「このミニスカートもかわいいけど、こっちのもおちついて素敵ね」

母の手が、ハンガーに掛かったスカートを選び出す。

「両方ともいい感じね。私はこっちが好きかな。ああ、でも、このロングスカートもステキ」

「そうね。唯《ゆい》ちゃんには、両方似合いそうね」

「迷っちゃうなぁ」

「お嬢様ですと、お顔の色がたいへんにお白いですので、こちらの淡《あわ》い色がお似合いになりますよ。ですが、着回しができるのはこちらのミニスカートのほうですね」

店員が控《ひか》えめにアドバイスをしてくれた。

デパートの婦人服売り場は、ファッションブティックと違い、年輩の店員さんがていねいに接客してくれる。

値段は高めで、デザインはオーソドックス。だが、どこか上品な雰囲気は、唯を安堵《あんど》させた。

ポップで元気なかわいさよりも、保守的なおちつきのほうが唯に似合う。このロングスカートのしっとりした感じは、たぶん自分に似合うはず。

でも、キュートなミニスカートも着てみたい。

「お母さん。両方あわせてみてもいい？」

「もう両方買っちゃいなさいな」

「トップスはどうなさいます？」

「欲しいです。お母さん。トップスも買っていい？」

「もちろんよ」

「よかったらお選びしましょうか？」

「じ、自分でコーディネイト、したいです」

唯は、頰《ほお》を赤らめながら言った。

母が、あれあれ、という表情で唯を見た。

唯はいままで、母が買ってきた服を、適当に着ているだけだった。

もっとおしゃれしなさいよ、と母に言われても、服にうつつをぬかすのは、はしたない子のすることだと思っていた。

「ねぇねぇ唯ちゃん。いったいどうしちゃったの？」

「だって、コーディネイトするの、楽しいもの」

つかず離れずの距離を取って見守ってくれている店員さんが、にこにこしながらうなずいた。

「このミニスカートだと、これかな？」

唯は、春物のカットソーを選び出した。

「そうね。かわいいデザインだわ。ああ、お母さんが着たいぐらいよっ。十代に若返られないかしらね」

「あと、これも」

唯はカットソーを手に取った。ミニにもロングにもあいそうな、無難《ぶなん》なデザインだが、猫のブローチをポイントにすればステキになるだろう。

「それから、これも。あ、でも、色があわないね」

「いいと思う服は全部買っちゃいなさいな」

「全部は買わないわよ」

「いいのよ。あんなに地味だった唯ちゃんがおしゃれに目覚めたのよーっ」

「地味って、強調しないでよ」

「だってお母さんね。お腹《なか》の子が女の子だってわかったときは、娘と一緒におしゃれな洋服を買いに行こうと思ってたのよ。なのに、唯ちゃんったらおしゃれをしてくれないんだもの。お母さんの夢だったんだから、いくらでもお金を出してあげるわよ」

母はバッグからハンカチを取り出すと、そっと目頭《めがしら》を押さえた。そしてうれし泣きをはじめた。

——お母さんらしいなぁ……。

唯は自分で店員と交渉する。

「このカットソー、色違いはありませんか？」

「ございますよ。こちらの青色はいかがでしょうか？　お嬢様がお持ちのミニスカートにあいますよ」

「あててみていいですか？」

「はい。お持ちします。顔うつりがよろしいですね」

「ほんとですね。これとこれと、これも試着してもいいですか」

「もちろんでございます」

試着は楽しい。唯はわくわくと胸を弾《はず》ませながらカットソーとスカートを着た。

「お母さん見て」

唯は試着室から出て、母に見せた。

「ああ、唯ちゃん。似合っているわ。すごくかわいい！　まるで若いときのお母さんみたいよっ！　お母さん、若い頃はマドンナと言われていて……」

「話がループしてるわよ。お母さん」

母はハンカチで涙を拭《ふ》き、くすんと鼻を鳴らした。

「唯ちゃんに好きな男の子ができるのも、きっともうすぐね……。ああっ。うれしいような、寂《さび》しいような気持ちだわっ」

唯はドキンとした。

――私もいつか、好きな人と出逢《であ》うかも……。

唯の赤い糸の相手はどこかにいて、いつか両親のように巡《めぐ》り逢《あ》う。そんな気がした。

「ままま、まさか、まだ早いわよっ。そんなこと言わないでよっ。お母さんっ」

「まだってことは、いつか必ず、ってことよねぇ……」

「もうっ、お母さんってばっ!!」

唯は母を無視して、服選びに集中した。

「これ、いただきます」

唯が生まれてはじめて自分で選んだ洋服は、春らしいパステルのミニスカートと、青いカットソー、それに春物のショートコートの組みあわせだった。

——古手《こて》川《がわ》唯が彩南《さいなん》高校に進学し、結城《ゆうき》リトと出逢うのは、それから間もなくのことである。

第4話「Secret feelings～モモと天使の笛～」

「えっちな作戦　だけじゃないんですよ？」

Profile

モモ・ベリア・デビルーク

デビルーク星第３王女。ナナの双子の妹。植物と心を通わせる能力を持つ。

ボーナム

モモたちの教育係。大戦で活躍した歴戦の英雄で、デビルーク王の忠臣。

——二年前。デビルーク星。王宮《おうきゆう》。

モモ・ベリア・デビルークは、両親がパーティに外出するときの、王宮の雰囲気が好きだ。

侍女《じじよ》たちが母の髪を美しく結《ゆ》いあげ、姉のララにドレスを着せる。父のギドも正装して、柄《つか》に宝石をあしらった剣を腰にさげる。

王族の正装には時間と手間がかかるため、真剣な表情の侍女たちが右往左往《うおうさおう》する様子は、おませなモモをわくわくさせる華《はな》やかさがあった。

ドレスのひらひら、レースの繊細《せんさい》な透《す》かし模様、香料の甘い匂《にお》い、王冠《ティアラ》のきらめき、宝石の吸いこまれるような透明感。見ているだけでうっとりする。

「行ってくるわね」

母がドレスの裾《すそ》を優雅《ゆうが》に捌《さば》きながら、反重力昇降《しようこう》装置に乗りこんだ。宇宙一美しいという評判の母は、見とれるくらいに華やかだ。モモの憧《あこが》れのお母様だ。

反重力昇降装置は、お盆のような平たい形をしているのだが、透明なシールドが壁のように丸く周囲を覆《おお》ってくれる。上空にはもう大型宇宙船が待機している。

「いい子にしているんだぞ」

少年の姿の父が、母の横に並ぶ。宇宙の覇者《はしゃ》ギド・ルシオン・デビルークは、先の大戦で力を使い果たして少年の姿になってしまったが、強い意志を感じさせる瞳《ひとみ》のきらめきや、全身から放《はな》たれる迫力から、父が見た目通りの存在でないことがわかる。

「はー。またお見合いかぁ。やだなー」

姉のララ・サタリン・デビルークがため息をつきながら反重力昇降装置に乗りこんだ。モモと双子《ふたご》の姉、ナナ・アスタ・デビルークは留守番だが、長姉《ちょうし》のララは幼い頃からパーティに同行している。後継者捜《こうけいしゃさが》しのためだ。

「おみやげ買ってくるからねー」

「行ってらっしゃい」

モモとナナは、声を揃《そろ》えて手を振った。

反重力昇降装置はデビルーク星の重力のくびきから逃《のが》れて空中へと浮かぶ。両親と姉が乗った丸いお盆が、宇宙船に引っ張られていくように見える。

やがて王族を乗せた昇降装置は王宮の上空に浮かんでいる宇宙船のゲートへと吸いこま

れた。

宇宙船の中ではすでに、王室親衛隊《しんえいたい》のザスティンとブワッツ、マウルが待機しているはずだ。

宇宙船はゲートを閉じたあと、音もなく空中を滑空した。そして、あっというまに豆粒《まめつぶ》ほどの小ささになり、宇宙船の姿は見えなくなった。大気圏《たいきけん》を突破したのだ。二時間もすれば目的の惑星《わくせい》の上空に行き着くことだろう。そしてはじまるのだ。着飾った紳士淑女《しゅくじょ》が集まるパーティが。

モモがうっとり上空を見つめていると、姉のナナが伸びをしながら言った。

「姉上、大変だよなー。同盟惑星《わくせい》の王族の結婚式なんてよー。偉《えら》いさんがいっぱい来るんだろ。あたしはまっぴらだ」

双子だから、見かけはそっくりなのだが、姉のナナはさばさばした性格で、舞踏会《ぶとうかい》に憧《あこが》れたりはしない。中身はモモと正反対だ。

「あら、そうかしら。お姉様がうらやましいわ。私が代わりたいぐらいよ」

「えー。お見合いに明け暮れる毎日なんてまっぴらだぜー」

「お見合いはいやだけど、パーティって素敵だと思うの」

ドレスアップして、パーティに出席するなんて、想像するだけでうきうきする。

童話の王子様のような青年に、ダンスを申しこまれたりするのだろうか。

「たしかに、ごちそうは素敵だな」

色気より食《く》い気《け》のナナが唇に指をあてて言った。ナナの脳裏《のうり》では、ごちそうが手をとりあってダンスをしているのに違いない。

たしかにごちそうも魅力的だが、モモは食べることよりもパーティの華やぎにあこがれてしまう。

「ふふっ、じゃあね」

ナナと別れたモモは、廊下にひとけがないことを確認してから、母の部屋のドアを細くあけた。無人の部屋は静まりかえっている。

――チャンスだわ！

侍女が片づけをしているのではないかと思っていたが、彼女らは支度《したく》がおわったことにほっとして休憩を取っているのだろう。

母の部屋に入り、ドレスや宝石を見てうっとりするのは、モモの内緒の楽しみだ。母と侍女のいないときしかできないから、チャンスはなかなかやってこない。

モモはそっとクローゼットの扉をあけた。

香水の香《かお》りが漂ってきた。薄紫《うすむらさき》にピンク、青に白、軽《かろ》やかな色合いのドレスがハンガーに掛かっている。目も綾《あや》な色彩は、花畑のようにカラフルだ。

「綺麗《きれい》ね……」

モモは、うっとりしながら、白のドレスを手に取った。

レースとタックとフリルでできた白のドレスは、花嫁のように美しい。

ほんとうは着てみたいところだが、十二歳のモモには、母のドレスは大きすぎる。胸にあててうっとりするだけで充分だ。シルクのさらさらが心地《ここち》よい。

鏡に映《うつ》る自分を見つめていると、社交界にデビューした大人《おとな》の女性の気分になる。

モモが舞踏会に出席したら、タキシード姿のステキな紳士が、ダンスを申しこんでくるだろう。

モモは、楽団が音楽を奏《かな》で、着飾った大人たちが踊る舞踏会をイメージする。そして、さながら舞踏会でダンスをしているように、右手でドレスの胸を押さえ、左手の指先で袖《そで》をつまんで、くるくると回り始めた。

「何してんだよ？」

ナナの声が陶酔《とうすい》を破った。

妄想《もうそう》の舞踏会が消《き》え失《う》せていく。

ドアのところにナナが不思議そうな表情で立っていた。

甘い空気が消え失せて、モモの柳眉《りゅうび》がキリリと吊《つ》りあがった。

「格闘技の練習かよ」

内緒の楽しみを見られたばかりか、よりにもよって格闘技！　モモの中の怒《いか》りのゲージが、ぐんぐんとあがっていく。

「ナナッ！　どうして勝手に入るのっ!?」

「モモだって勝手に入ってるじゃないか。母上の部屋から、うふふ、うふふって笑い声が聞こえてくるから、気持ち悪くてドアをあけただけだ」

――笑い声が気持ち悪いですってぇ!?

ついに怒りのゲージがＭＡＸを超《こ》えた。

「何だよ。怖《こわ》い顔して？　何を怒っているんだよ？　うわぁっ。モモ、目が、目が座ってるぞっ」

モモは椅子《いす》の背にドレスを掛けると、ナナに向かって歩み寄った。廊下に出た二人の背後で、ドアが自動で閉まる。

「ナナ、格闘技の練習、しましょうか？」

モモは優《やさ》しい口調で言うと、ナナの手を持ち、ぐるんぐるんと振り回した。

「ひゃあっ。な、何だよっ!?　格闘技はドレスとすりゃいいじゃないかっ!?」

ナナはモモの手を引き剝《は》がそうとして爪《つめ》を立てた。

がりっと引《ひ》っ搔《か》かれて、手を放す。勢いがついていたから、モモのほうが尻餅《しりもち》をついてしまった。

「きゃっ」

モモは、すぐさま立ちあがり、ナナに向かってタックルする。

「やったわねぇっ！」

「何だよっ。ケンカをふっかけるのかよっ、あたしだって負けちゃいないからなっ！」

ナナがモモの顎《あご》に手をあて、ぐいーっと引き剝がす。

「痛いんだけどっ」

「先にしかけたのはモモだろーがっ。痛いだろっ。髪引っ張るな！」

とっくみあいの大喧嘩《おおげんか》になってしまった。

王宮の廊下で双子のプリンセスが派手に喧嘩する様子を、侍女たちがはらはらしながら遠巻きに見ている。

「モモ様っ！　ナナ様っ!!　プリンセスともあろうお方がはしたないっ！」

鋭《するど》い声がかかった。教育係のボーナムだ。かつての銀河大戦《ぎんがたいせん》において活躍した彼は、老いてなお元気いっぱいで、プリンセスたちを厳しく教育している。

「ボーナムは黙ってろよっ。モモが先にしかけたんだよっ！」

「ナナが悪いのよっ」

「やめなされっ！　お行儀が悪いですぞっ!!」

二人を引き離そうとしたボーナムの腰に、ナナの蹴《け》りが入った。ボーナムは仰向《あおむ》けに倒れた。そのとき、グギッと音がした。

「痛っ、あだだっ、うぅっ。腰が」

ボーナムは中腰になったまま、腰を後ろ手にさすってうめいている。

ナナに馬乗りになっていたモモは、ナナの上から飛び退《との》いた。

「ボーナム、腰が痛いの!? 大丈夫なのっ!?」

「だ、大丈夫か。ボーナム、あたしが蹴ったからか……？」

「じいやは平気ですじゃ。ナナ様に蹴られた程度で、歴戦の英雄であるこのワシが、腰を痛めるなど、ありえません。ほれこの通り」

ボーナムは、ふらふらしながら立ちあがった。

だが、髭《ひげ》もじゃの顔は脂汗《あぶらあせ》にまみれ、膝小僧《ひざこぞう》がガクガクしている。彼が痛みを押し殺しているのがはっきりわかる。

「うがぁっ。痛っ。うがぁあっ」

ボーナムはついに悲鳴をあげてへたりこんでしまった。

「ごめんなさいっ。ボーナム」

「あたしのせいで……。ボーナム。ごめんっ」

ナナはボーナムの横に座りこんで号泣《ごうきゅう》した。

☆

「失礼いたしました。プリンセス」

ボーナムの診察を終えた王宮《おうきゅう》の御典医《ごてんい》とナースが、モモとナナに向かってていねいなおじぎをしてから、退室していった。

「ナナ様のせいではございません。ほれ、医師殿《どの》もおっしゃっていた通り、腰痛《ようつう》は、じいやが育った星の風土病ですのじゃ。腰は前から痛かったんですぞ。ですから、もう泣かないでくだされ」

病床のボーナムは、目を真っ赤にしてしゃくりあげているナナをなだめた。

ボーナムはデビルーク人だがドツイ星育ちだ。ドツイ星の住民は、老境にさしかかれば多かれ少なかれ腰痛を発症する。

その星に特有の、ミネラルの欠乏《けつぼう》による風土病で、手術をしても効果は継続《けいぞく》せず、やがてまた痛み出す。

アストロシップを貼《は》って炎症を抑《おさ》えたり、メカニカルサポーターで腰を固定させたり、痛み止めの薬を飲んだりする対症療法しかないという。銀河《ぎんが》最高の医療技術を持つ御典医でさえ匙《さじ》を投げるほどの難病だ。

「でも、あたしが蹴《け》らなきゃ、こんなに急激に悪くならなかったろ。やっぱりあたしが原因だ。ボーナム、ごめん。あたし、いい子になる。勉強もちゃんとする。ピーマンだって食べるから、早く元気になって」

「ナナ、もう出ましょう。ボーナムを休ませてあげないと」

モモは、姉の肩を抱くようにしてボーナムの部屋を出た。

ナナは手の甲で涙をぐいっと拭《ふ》くと、身体《からだ》の横で握《にぎ》り拳《こぶし》をつくった。八重歯《やえば》がきりきりと下唇《したくちびる》を噛《か》んでいる。ナナは、モモに向かって宣言した。

「モモ、あたし、いい子になるよっ！　ボーナムに元気になってもらいたいんだっ」

そして身体を翻《ひるがえ》すと、自分の部屋に向かって、ばたばたと廊下を走っていく。

ナナの後ろ姿を見送っていたモモは、ふぅっとため息をついた。

ボーナムも心配だが、いつも元気な姉がこんなにもしょげていると不安になる。

ナナのけなげな気持ちはよくわかるが、ボーナムの腰はナナがいい子になっても治《なお》らない。

デビルーク星の医師では風土病の治療はできず、対症療法しかないというのなら、ドッイ星から医師に来てもらったらどうだろう。

風土病の治療は、その星の医師がいちばんわかっているのではないだろうか。

――部屋に戻ったら、調べてみましょう。

そんなことを考えながら、廊下を歩いていたときのことだった。

ブーツを履《は》いたつま先が、小さなものを蹴った。廊下の床を滑《すべ》っていき、壁にあたって跳《は》ね返《かえ》る。

「あら？」

誰かの落とし物だろうか。ペンダントトップにイミテーションの宝石がはめこまれたネックレスだった。古めかしいが、高価なものではない。先端についているでっぱりを指で押すと、ぱかっとフタが開き、空中に立体映像が映《うつ》し出《だ》された。

ほっそりした綺麗《きれい》な女性と、精悍《せいかん》な男性が身体を寄せあってVサインをしているホログラムだ。古いものだから、画質は劣化《れっか》しているものの、親しげな雰囲気はよくわかる。

――誰のかしら。あとで侍女《じじょ》に預《あず》けましょう。

モモはペンダントをポケットに入れた。

☆

部屋に戻ったモモは、パソコンに向かい、銀河《ぎんが》ネット医療データベースに侵入を試みた。

ファイヤーウォールを突破して、非公開のデータベースをハッキングする。

モモに与えられているコンピュータには、キッズフィルタがかかっていて、閲覧《えつらん》できるページは健全なものだけだ。子供騙《こどもだま》しの内容に満足できず、フィルタを破ろうとしてあれこれと試すうち、モモのハッキング技術は鍛《きた》えられ、ハッカー並みの腕前になった。

パソコンの画面に向かっていたモモは、落胆《らくたん》のため息をついた。

ドツイ星は閉鎖《へいさ》的な辺境の星で、医学はそれほど発達していない様子で、特効薬はなかった。

モモはくせっ毛のくるくるを人差し指に絡《から》めながら小首を傾《かし》げる。考えこむときのモモの癖だ。

あきらめきれず、さらにハッキングを続けていく。

——え？　ブルグマンシアが？　これってまぼろしの植物よね。天使の笛《ふえ》にそんな薬効があるなんて……。

見つけた。じいやの腰痛《ようつう》の特効薬。天使の笛という別名を持つ美しい花、まぼろしの植物ブルグマンシア。この植物の葉はある種のミネラルを多く含み、煎《せん》じて飲むと風土病の特効薬になる。

だが、ブルグマンシアは臆病《おくびょう》で、危険を感じると精神攻撃をしかけてくる。その精神攻撃は、敵対者にまぼろしを見せる程度の微弱なものだが、敵がおろおろしているうちに、自分から根を引き抜いて、足のように動かして逃げ出してしまうという。

そのため、ブルグマンシアはまぼろしの花と言われていて、ブルグマンシアから作った薬は、出回っていないのが現状だ。

――でも、植物は私の友達よ！

モモは、植物と心を通《かよ》わせることができる。

ブルグマンシアを保存カプセルに入れて持ち帰ることができたら、ボーナムの腰痛は治《なお》るはず。ナナも泣きやむことだろう。

――ブルグマンシアはどこにあるの？

モモは植物学者のネットに侵入し、ブルグマンシアの情報を探す。

「見つけたわ！」

ブルグマンシアの群生地は、なんとドツイ星の、ポイント一九四八。

ドツイ星特有の風土病の薬草がその星に生《は》えているなんて、神様はいるのだと思ってしまう。

この距離なら小型宇宙船に乗り、ワープすれば一時間ほどで到着する。おしむらくは情報がやや古いことだが、ブルグマンシアはまだその場に留《とど》まっている可能性もある。出かけてみよう。

モモは腰をあげた。

☆

——岩ばかりだわ。なんて枯れた土地かしら。

モモは小型宇宙船を飛ばしていた。オートパイロットなので、操縦桿《そうじゅうかん》に手をあててはいるものの、モモのすることはとくになく、モニターに映《うつ》る外の様子を眺《なが》めているだけだ。

いまはもう、大気圏内《たいきけんない》に入っていて、ポイント一九四八を探している。

デビルーク製宇宙船を飛ばしているのはモモだけで、旧態依然《いぜん》とした回旋翼《かいせんよく》飛行船しか飛んでいない。宇宙に出ないなら、飛行船のほうが便利なのだろう。

ドツイ星は、質実剛健《しつじつごうけん》な石の国だった。宇宙からはじめてドツイ星を見たときも、白茶けた星だと思ったが、モニターに映るドツイ星は、ごつごつした岩肌《いわはだ》が目立ち、見るからに厳しい環境だ。

開発が進んだ土地は、平坦な地面に家屋敷が建ち並んでいるのだが、ここは見渡す限りの岩山だ。

曲がりくねった川が、岩のすきまを縫《ぬ》うようにして通っている。水路を行く船が点々と見える。

岩山ばかりという土地柄《とちがら》から、水路利用が一般的で、補助的手段として回旋翼飛行船を使っているらしく、陸路はあまり発達していない。岩ばっかりで土なんてほとんどないじゃないの？

——ほんとうに群生があるのかしら？

「ポイント一九四八に到着しました」

宇宙船が中空に停止し、自動音声が報告した。

モニターに映るドツイ星ポイント一九四八は岩山だった。

「ほんとうにここなの？　岩ばかりじゃないの」

「偏光《へんこう》シールドで隠されています。赤外線モニターに切《き》り替《か》えます」

モニター画面が赤く染《そ》まり、岩山がいきなり平地に変わった。しかも一面の花畑。光の屈折《くっせつ》を利用した偏光シールドだ。

花畑の横に病院らしい建物がひとつ建っていて、回旋翼飛行船用のポートがある。

「なんでシールドで覆《おお》ったのかしら？」

「回答不能」

宇宙船の自動音声は、モモの独《ひと》り言《ごと》に律儀《りちぎ》に回答した。

ブルグマンシアは臆病《おくびょう》だと聞く。おそらくはブルグマンシアを守り、静かな環境を確保するため。

あの建物が病院だとしたら、ブルグマンシアを薬にして治療をしているのだろう。

「高度をさげて、シールドの内側に入って」

宇宙船は高度をさげ、低空飛行に入った。

「シールドを通過しました。モニターを切り替えます」

モニターに映る一面の花畑を見てほっとした瞬間、床がガクンと波打った。計器がでたらめな数字を表示し、明滅《めいめつ》している。

「え？」

シールド通過による故障だろうか。だが、目隠しの役割しかしないはずの偏光シールドが、宇宙船を故障させるなんてありえない。

「どうしたの？」

「緊急事態発生。制御不能」

ちょっと近所に花を摘《つ》みに出かける程度の、気軽な気持ちだったモモは青くなった。

「不時着して！」

「制御不能。制御不能。制御不能」

「もうっ」

自動操縦装置を切ってマニュアルに切り替え、手動で不時着を試みようとしたのだが、操縦桿を握《にぎ》った瞬間、青い火花がバチッと飛んだ。

「きゃあっ」

静電気のような刺激を覚えて、モモはあわてて手を放したが、ビリビリとした痺《しび》れがとれない。

すべてのランプが、正常を示す緑から異常を示す赤に変わっていた。耳をつんざくような警告音が船内に鳴《な》り響《ひび》く。

「ど、どうしてっ!? 何が起こったの!? 原因は？」

不吉《ふきつ》な響きを帯《お》びたサイレンに、モモの悲鳴が重《かさ》なる。こんなことありえない。こんなに急に小型宇宙船の調子が悪くなるなんて。故障にしてはおかしい。

「磁場《じば》による計器異常。緊急事態発生。制御不能。乗組員は早急に退去しなさい。磁場に引き寄せられています」

無機質な電子音声が異常を知らせる。

磁場？ 小型宇宙船が異常を起こすほどの？ だからシールドで覆い、目隠しをしていたのだろうか。

モニターには、ぐんぐんと地面が迫《せま》る様子が映っている。より正確に言うなら、地面に引き寄せられているのだ。

もうだめだ。墜落《ついらく》する。急速下降の重力変化に、髪とドレスの裾《すそ》が揺れた。このままだと地面にぶつかる。

痺れる手で青い火花が散る操縦桿を握り、必死に動かそうとするのだが、どうしたって動かない。

「緊急事態発生。乗組員は早急に退去しなさい」

「無茶言わないでーっ。墜落してる最中に、退去なんてできないでしょーっ!!」

計器はまるで反応せず、落下の衝撃《しょうげき》を和《やわ》らげるために逆噴射させることさえできない。

モモは、安全ベルトで運転席に身体《からだ》を固定し、落下に備《そな》えた。

激しい衝撃音がし、身体が前後左右に乱暴にゆさぶられたあと、小型宇宙船は完全に動きを止めた。船内の明かりが明滅を繰《く》り返《かえ》し、やがて消える。唯一《ゆいいつ》生きていたモニターもグレイアウトした。

「う……」

モモは首を振った。

「い、生きてる?」

真っ暗で何も見えない。やたらと堅《かた》い安全ベルトの留《と》め金《がね》を苦労して外《はず》し、運転席から降りたとき、まるでタイミングをあわせたように非常灯がついた。

安全ベルトのおかげだろう。打ち身はいくつかできているものの、大きなケガはしてない。

宇宙船の操縦パネルは、ひどいありさまになっていた。モニターにはヒビが入り、操縦桿は折れ曲がり、動きそうにない。通信機は動かない。小型通信機は墜落のショックでへこんでいて、うんともすんとも言わない。

ドライバーを取り出して修理を試みたのだが、とても無理だ。モモはなんとなくドライバーをポケットに入れた。

――こんなことになるなんて……。

ちょっとお出かけのつもりだったから、王宮には、どこに行くとも言っていない。

――ああ、もう、せめて行き先ぐらいは言っておくべきだったわ。なんとかして王宮に連絡しないと、誘拐されたと思われて大騒ぎになっちゃう。

モモは内ポケットを探った。コスモタンポポのタネが見つかった。タネはコインぐらいの大きさで、楕円の形をしている。モモが自分の部屋で育てたもので、今は冬眠状態になっている。

「よかった。これがあれば通信機の代わりになるわ」

髪飾りを外して中のメモリーを取り出し、メッセージを吹きこむ。

「モモです。今は、ドツイ星のポイント一九四八にいます。磁場につかまって墜落しました。薬草を採《と》りに行こうとしたの。小型宇宙船は故障しています。助けに来て。ポイント一九四八は偏光シールドですっぽり覆われているから気をつけてね」

コスモタンポポのタネを爪で引《ひ》っ掻《か》くと、タネの外皮《がいひ》が開いた。内側にメモリーを大事に収《おさ》める。

コスモタンポポは帰巣《きそう》本能があり、冬眠から目覚めると王宮に戻ってくれる。

さすがにワープはできないし、宇宙風の影響も多少は受けるから、時間はかかるものの、磁場があろうと真空の宇宙空間だろうと大気圏《たいきけん》の摩擦熱《まさつねつ》で何千度の高温にさらされようと問題なく飛んでいってくれる。使いものにならない通信機よりは頼りになる。

それに、モモが夜になっても帰宮しなければ騒ぎになる。ザスティンたちはいないとはいえ、王室親衛隊《しんえいたい》はモモの宇宙船を調べるだろう。宇宙船がないことに気がつけば、操舵《そうだ》記録を辿《たど》るはず。

やがて助けがやってくる。それまでの間、動揺せずに待てばいい。

モモは手動でゲートを開けて、船外に出た。

「お願い、急いで帰ってね」

タネにキスをして、コスモタンポポのタネを冬眠から起こす。まっすぐな管がするすると出て、綿毛《わたげ》がぽんっと広がった。

モモがふぅっーっと息を吹きかけると、綿毛を伸ばしたコスモタンポポは空に浮かんだ。綿毛を回転させてすごい速さで空を飛び、大気圏を突破していく。一日もあれば到着することだろう。

上空から視線を戻し、正面を見たモモは息を呑《の》んだ。大人《おとな》の身長ほどもありそうな草が生《は》えていた。ラッパの形のピンクの花が咲き乱れて、見渡す限り桃色に染まっている。ブルグマンシアの群生地の真ん中に不時着したらしかった。

はじめてじかに見たブルグマンシアは、天使の笛《ふえ》という名前の通りの神秘的で愛らしい花だ。

宇宙船のまわりは、地面にところどころ穴があき、花たちが素早く逃げたことを示している。

ブルグマンシアは、脅《おど》かされると根を土の中から自分で引き抜き、足のように動かして逃げるというが、ほんとうだったらしい。

ブルグマンシアは、モモの背よりも大きいので、花に見下ろされている感じになる。

「ダレ?」「コワイ」「ヤメテ」「イヤ」

花たちの思いがとぎれとぎれに流れこんでくる。花たちは突然の闖入者《ちんにゅうしゃ》に怯《おび》えていた。

「待って。怖《こわ》がらないで。あなたたちを傷つけるつもりはないわ。お願いがあってやってきたの。あなたたちの葉を少しちょうだい。腰痛《ようつう》で苦しんでいる人がいるの」

モモは必死に叫んだが、少しだけ遅かった。

一面の花畑が、王宮の舞踏会《ぶとうかい》へと変化していく。

まるでホログラムを重《かさ》ねあわせたように、視界に広がる花畑に王宮の映像が二重映しになり、現実の光景があいまいになっていく。やがて、花畑は消《き》え失《う》せて、舞踏会の映像しか見えなくなった。

モモは王宮の舞踏会のただ中にいた。正装をしたヒューマノイドが、モモに向かって手を伸ばす。

『モモ、おいで。ダンスを踊ろう』

これはまぼろしだ。ブルグマンシアの精神攻撃。気を強く持って、まぼろしを振りほどかなくては。

耳をふさごうとしてあげた手は、彼に向かってまっすぐに伸びた。

——だめ。手を取っちゃだめ。幻覚に陥《おちい》ってしまう。

正装の紳士がモモの手を取った。そして、手の甲にキスをする。

その瞬間、あいまいだったイメージがクリアになった。本物の紳士に手を取られているみたいだ。もうだめだ。幻覚に落ちてしまった。

モモは白いドレスを着ていた。母の部屋で、ドレスを胸にあて、ダンスを踊ったときのあの白いシルクのドレス。

『大好きだよ。モモ。愛している』

速いリズムの舞踊曲《ぶようきょく》が軽やかに流れる。モモは、妄想《もうそう》の紳士と両手をとりあって踊り出す。

曲が終わり、手をほどこうとしたら、抱き寄せられ、キスをされた。まぼろしだとわかっていても、背中を抱かれる感触は確かで、唇《くちびる》があわさるひんやり柔《やわ》らかい触感もリアルだった。

ブルグマンシアの精神攻撃は、敵をひるませる程度の、弱いものではなかったか。こんなにもリアルなまぼろしで、幻聴が聞こえ、さらに感触までもあるなんて信じられない。意識のどこかが起きていて、これは幻覚だと認識しているのにもかかわらず、まぼろしの世界から抜け出ることができない。

『ねぇ。あなた、愛しているわ』

空中に恋人たちが浮かび、おでこをくっつけあわせて見つめあっている。

――やだっ。これ、銀河《ぎんが》ネットのアダルトサイトで見た『無重力ラブ』じゃないの!?

しかも女優は自分になっていた。

モモの背中を抱きしめた彼の手がモモのお尻《しり》を揉《も》みしだく。自分のお尻の山が、青年の手につかまれて揉まれるたびに、空中で二人の身体が回転する。

「あっ……」

モモは、自分のヒップに実際にタッチされたような悲鳴をあげた。

これは幻覚。現実ではない。わかっているはずなのに、幻覚は触覚《しょっかく》をともなって、むずむずする感触を覚えてしまう。彼の体温もリアルそのものだ。

「あ、……あっ、あぁ……っ」

現実の自分があえいでいるのか、幻覚の自分がうめいているのか、いまはもうわからな

い。青年の指先が背筋《せすじ》のヘコミを伝いあがったとき、きゅんと来る戦慄《せんりつ》が背筋《せすじ》に走り、膝《ひざ》小僧《こぞう》がぶるぶると震えてしまう。

無重力で抱きあいながら、ゆっくりと回転する浮遊感に翻弄《ほんろう》される。

「やめて、お願い……。話を聞いて……」

だが、花たちはやめてくれない。イメージの奔流《ほんりゅう》に脳が悲鳴をあげる。

しっかりしなくては。これは現実ではない。妄想《もうそう》や前に観《み》た動画がランダムに再現されているだけ。恋に恋する自分の妄想を明るみに出された気分で、恥ずかしさに身悶《みもだ》える。

下腹の奥が熱く疼《うず》き、股間《こかん》に羽根が触れたような刺激が走った。

「だめ、やだ。頭、痛い……っ」

モモは頭を抱《かか》えた。ひどい頭痛に襲《おそ》われて立っていられない。モモはその場に膝をついた。ガンガンと脳裏《のうり》に響《ひび》き、頭が割れてしまいそうなほどに痛む。もう一秒だって我慢できないと思った瞬間、意識がスゥッと途切《とぎ》れた。精神攻撃が、許容量を超《こ》えてしまったのだ。

モモはその場に倒《たお》れ伏《ふ》した。

手の届く位置に花がある。別の土地に逃げてしまわないのはどうしてだろう。岩山に囲《かこ》まれているからだろうか。失神する寸前、そんなことを考えた。

☆

目覚めると、白い壁が見えた。

——ここはどこ？

モモはベッドに仰向《あおむ》けになっていた。病室のようだが、花畑の横に建っていた病院なのか。これは現実なのか。それともまだ花畑の中にいて、まぼろしを見ているのだろうか。

そっと上半身を起こす。頭の芯《しん》がガンガン鳴った。

「うーっ」

モモは、頭を手のひらで押さえて顔をしかめた。

廊下を歩いていた白衣の医師が、部屋に入ってきた。

「気がついたの？」

初老の、物憂《ものう》げな雰囲気の女性医師だ。後頭部でまとめた髪は白くなっていたが、造作《ぞうさく》は整《ととの》っていて、若いときは、さぞ美人だったのだろうと思わせた。

「あなた、花の中で倒れていたのよ。あのデビルーク製の小型宇宙船の持ち主なの？　おひとりで来られたのかしら？」

女性医師は、腕組みをして厳しい表情でモモを見ている。

モモは望まざる来客のようだ。

当然だ。シールドを強行突破して、あげくに墜落《ついらく》したのだ。迷惑をかけておきながら、歓迎されるほうがおかしい。自己責任なのだから、助けてもらえたことに感謝するべきだ。

「はい。私ひとりです。……あの、ここは病院ですか？」

「その通りです。私はドクター・メリッサ」

「助けてくださってありがとうございます。私はモモと申します」

ファーストネームだけを名乗っておく。この女性医師を信じていないわけではないのだが、モモは十二歳の子供で、銀河《ぎんが》の帝王デビルークのプリンセスだ。拘束《こうそく》されて身代金《みのしろきん》を要求されることだってありえる。プリンセスとしての、当然の自衛だった。

「私、どれぐらい意識を失っていたのですか？」

「三十分ぐらいかしら。すごい音がして外に出たら、小型宇宙船が花畑の真ん中に墜落していて、あなたが倒れていたの。どうしてシールドを破って侵入したの？　ここは磁場《じば》が強くて墜落の危険があって危ないから、目隠しをしておいたのに」

頭痛のせいで頭が働かず、うまい言《い》い訳《わけ》が思いつかない。

口ごもっていると、メリッサはふーっとため息をつき、話題を変えた。

「体調はどう？」

「頭が痛いです」

「頭痛はそのうち消えるわよ。あなた、ブルグマンシアの精神攻撃にやられたのね。幻覚を見たんでしょう?」

「はい」

「あの花は危険を感じると精神攻撃をしかけて、幻覚を見せるの。でも、倒れるほどひどいなんて聞いたことがないわ。あなた、何か持病でもおあり?」

「持病はとくに……。あ、私、植物感応力があるんです。それでなんでしょうか」

メリッサは、植物感応力、デビルーク、モモさん、と小さな声で繰《く》り返《かえ》し、眉根《まゆね》を寄せた。

——私がプリンセスだってバレたのかしら?

ひやっとしたが、モモは銀河ではよくある名前だ。

偶然だと考えたのか、メリッサはあえて聞かなかった。

「そうね。植物感応力があると効果が強く出るわね。ブルグマンシアの精神攻撃は、内緒にしておきたい心の中の秘密を暴露《ばくろ》してしまうのよ。動物であれば、補食する動物か天敵の幻影が出るのでしょう。人間は、恥ずかしさのあまり、戦意喪失《そうしつ》してしまうというわ」

モモは顔を赤らめて下を向いた。

恋に恋するおませな自分を、形にして目の前に突きつけられた気分で、恥ずかしくなってしまう。

「銀河ロードサービスを呼んで、宇宙船を修理してお帰りなさいな」

ブルグマンシアを採集するまでは帰れない。モモは、ボーナムの薬を手に入れるために来たのだから。

「あの、も……」

もうすこしここに置いてほしいと言いかけたとき、メリッサが納得顔《なっとくがお》でうなずいた。

「ああ、通信機ね。これをお貸ししますわ。これは磁気防止装置がついているし、古いけど電波の強いタイプだから、病院の外でも使えるわよ」

メリッサは、ポケットの中から小型通信機を出して、モモに投げてよこした。

通信機をキャッチした瞬間、ブザーが鳴《な》り響《ひび》いた。

「ナースコールね。はいはい」

ドクターが顔をあげた。

「入院患者が呼んでいるようね。失礼させていただくわ。今日はナースがお休みで、私ひとりなの」

ドクターは、白衣の裾《すそ》を翻《ひるがえ》しながら出ていった。

モモはそうっとベッドから降りた。メリッサが貸してくれた通信機は、ポケットに入れておく。

建物そのものに磁気防御機能を施《ほどこ》してあるようで、病院にある計器類は問題なく動いているようだ。

病室を出て、壁づたいに廊下を歩く。外に出たいのだが、出口が見つからない。磁場の影響を受けないよう、極力出入り口を少なくしているのだろう。

お年寄りが杖《つえ》をつきながら、よろよろと歩いている。よろめいて転びそうになった。モモはだっと走って、老人を横から支《ささ》えた。

「大丈夫ですか？」

「ありがとう。お嬢さんも入院してるのかね？　若いのに腰痛《ようつう》なんて大変だ」

「いえ、私は、宇宙船が墜落しちゃったんです」

「ああ、あの雷《かみなり》みたいな音がしたやつだね。自《じ》走担架《そうたんか》が運びこんできたのがお嬢さんかい？　ケガはないのか？」

「はい。おかげさまで無傷です」

「それはよかった。メリッサ先生は腰痛治療の権威だが、ケガの治療は専門外だしなぁ」

「腰痛の病院なんですか？　辺鄙《へんぴ》なところにあるから、患者さんが通院するの大変ですね」

「船で近くの港まで来て、飛行船に乗ればすぐだから、そんな大変でもないよ。それに、メリッサ先生は、入院治療しかしないんだ。病院の前にピンクの花が咲いてるだろう。あの花が、いい薬になるんだってさ」

「薬があるんですか!?」

「あるよ。苦《にが》いんだよ。これがまた」

「ありがとうございます！」

朗報《ろうほう》だった。ボーナムに薬を持って帰れる。ブルグマンシアそのものを持って帰るよりずっといい。

廊下の向こうからメリッサが歩いてきた。

「あら、もう、頭痛は大丈夫なの？」

「はい。メリッサ先生。お願いがあります。ドッイ星育ちの老人が腰痛で苦しんでいます。

腰痛の薬をわけてください。私、薬が欲しくて来たんです」

「私は入院患者しか看《み》ません。その人をつれておいでなさいな。ここは腰痛専門のクリニ
ックです。同じ症状の患者さんが、何人も入院しているわ」

「ボーナムの性格では、休みを取って母国に帰るなんてこと、しないと思うんです」

それに、入院なんて大事《おおごと》になってしまうと、ナナが泣く。

「ボーナム……。雷鳴《らいめい》のボーナムと同じ名前ね……」

メリッサは、どこか遠い目をして言った。

「ボーナムさんって、どんな人？」

「私の教育係なんですが、厳《きび》しくて、礼儀作法にうるさいです。でも、すごく優《やさ》しいんで

す。私が病気したときとか、寝ずに看病してくれるんですよ。私の家は、父が仕事で忙しいので、ボーナムはほんとうのおじいさんみたいです。私はボーナムに育てられたようなものです」

「そう……そうなの……」

メリッサはなつかしそうに目を細めると、何度となくうなずいた。

「ドッイ星の風土病の腰痛を治すのは、ブルグマンシアの薬しかないって聞きました。お願いします。薬をください」

「それは無理よ。ブルグマンシアは採《と》りたてしか効《き》かないの」

「採りたて……」

「薬の絞《しぼ》り汁《じる》を、煎《せん》じて飲むの。普通、漢方薬は、乾燥させてから煎じるものだけど、採ってから時間がすぎると、薬効が消えるのよ」

「そんな……」

「私としても、薬を作りたいのよ。薬ができたら、何億人もの人を救うことができるわ。でも、研究が難しくて」

「いま、薬を作っている最中なのですか？」

「そうよ。そろそろできそうなのだけどね。私の人生をかけた研究よ。薬ができるまでは入院治療しか方法はないわね」

「ボーナムを説得して入院させたら、治療してくださいますか？」

メリッサはひゅっと息を吸いこむと、頬《ほお》をかすかに赤らめて、うれしいような困ったような表情を浮かべた。

「……そうね。誰であっても治療します」

びっくりするほど長く沈黙したあと、誰であっても、という言葉に力をこめて話した。

「ドクターは、ボーナムと知りあいなんですか？」

なんとなく聞いただけなのに、メリッサはかっと顔を赤くさせた。

「いいえ、知らないわ」

強く否定するところがあやしい。

「ボーナムさんを説得することね。『こんな辺境の病院に入るものか』と怒り出す患者さんもいるけれど、腰痛を治したい人には、こちらのクリニックに入院してもらっているの」

「ドクターはブルグマンシアの葉を採集しているわけですよね。ドクターはどうして精神攻撃にやられないんですか？」

「心を通《かよ》わせているからよ。薬を作るから葉をちょうだいねってお願いすると、葉を採らせてくれるの」

「ドクターも、植物感応力があるんですか？」

「ええ、ごく弱いものだけどね」

メリッサにできて、自分にできないことはないはずだ。

宇宙船の墜落で驚かしてしまったから攻撃を受けるはめになったのだ。驚かさずにそっと近づいて、理由を話してお願いすれば聞いてくれるかもしれない。

「もしも私がブルグマンシアと心を通わせたら、持って帰ってもかまいませんか？」

「もちろんいいわよ。あの子たちが判断することですから」

「あ、でも、ブルグマンシアはどうして逃げないんでしょう？　私の宇宙船が墜落したときも、隅《すみ》のほうに固まって震えているだけで、それ以上は逃げませんでした」

「磁場があるでしょ。居心地がいいらしいのね。でも、ものすごく驚かしたら、根を引き抜いて逃げてしまうわ。そして、岩山を越えることができずに枯れてしまうでしょうね。ブルグマンシアは全滅よ。だから私は、あの子たちを驚かすことのないよう、このあたり一帯をシールドで覆《おお》ったの。……一緒に来なさい、あの子たちに会わせてあげるわ」

「ブルグマンシアの精神攻撃波から逃《のが》れる方法ってないんでしょうか」

「大急ぎで逃げることね。あの子たちの攻撃波は、近距離しか届かないの。幻覚を見たくなかったら、距離を取ればいいのよ」

メリッサについて歩く。

エントランスからドアをあけて外に出た。

ピンクの花畑と、真ん中の地面にめりこんでいる宇宙船が見える。

ブルグマンシアは、モモなど知らん振りで風に揺れていた。

「ブルグマンシア。私はモモ。ボーナムが腰を悪くしちゃって、あなたの葉が必要なの。あなたを持って帰りたいので、保存カプセルに入ってくれませんか？」

花に向かって話しかけるが、花は知らん振りをするばかり。

怖《こわ》がってはいないものの、見事なほどに無反応だ。

「ドクター・メリッサよ。治療に使いたいの。あなたたちの葉を採ってもいいかしら？」

ドクター・メリッサが花に向かって話しかけた。

風もないのに花が揺れた。まるで承諾《しょうだく》のしるしにうなずいているようだった。

「ウン」「イイヨ」「メリッサ、スキ」

かすかに花たちの声が聞こえてくる。

メリッサが葉を摘《つ》んでいくが、ブルグマンシアは大人《おとな》しくしていて、精神攻撃をかけてくる気配はない。

「すごいですね」

「あら、一朝一夕《いっちょういっせき》にできたわけじゃないわ。根気よく話しかけたのよ。そうね。ブルグマンシアが心を開いてくれるまで、一か月ほどかかったかしら」

「私は、迎えが来るまでに、ブルグマンシアと心を通じあわせます」

「あら、通信したのね。お迎えが来るの？　何日後に来そう？」

「一日ぐらいかしら」

「私が一か月かかったことを一日で？　いいわよ。がんばってみなさいな。でも、ブルグマンシアは臆病《おくびょう》で、なかなかお願いを聞いてくれないわ。お願いしてだめならいったん引きさがって、また改めてお願いすることね」

「はい。そうしますっ！　助けてくださったお礼に、お手伝いをさせてください。掃除、洗濯、単純作業、簡単なことならいくらでもやります」

「あなたみたいなお嬢さんに、掃除なんてできないでしょ？」

どうもメリッサには、モモは、令嬢だと思われているらしい。デビルーク製の高価な個人宇宙船に乗っていたのだから当然かもしれない。

「できますよ。自分のことは自分でやりなさいって、ボーナムに厳しく躾《しつ》けられましたから。料理とかは慣《な》れてませんが、掃除は得意ですし、雑用も喜んで」

「そう、ボーナムさんという方は、あなたを厳しく躾けたのね」

メリッサ先生は幸せそうにうなずいた。若々しい笑顔だった。

——あれ？

モモは首をひねった。かわいらしく笑う横顔に記憶を刺激する何かがあった。

——私、ドクター・メリッサと出逢《であ》ってる？

出逢っていないまでも、似た顔立ちの人を、どこかで見ている。それもごく最近のことだ。いったいどこで出逢ったのだろう。王宮の侍女《じじょ》だろうか。

メリッサは思い直したように言った。

「じゃあ、廊下の掃除、してくださる？」

「はいっ。掃除道具はどこですか」

☆

「通りますよーっ」

モモがモップを床に押しつけ、廊下を走っていくと、入院患者がびっくりして壁際《かべぎわ》に背中をつけた。

腰痛《ようつう》専門のクリニックだから、患者はゆっくりしか歩けない。

痛そうに後ろ手で腰をさすっている様子を見たモモは、モップを置いて患者に手を貸す。

「大丈夫ですか？　つかまってください」

「ありがとう。お嬢さんはいくつだい？」

「十二歳です」

「小さいのに、しっかりしていなさるね」

「ありがとうございます。ボー……いえ、祖父に厳《きび》しく育てられましたから」

「かわいそうに。ご両親がいないのかい？　おじいさんに育てられたって。それで、子供なのに病院で下働きなんだね」

モモは苦笑するばかりだ。

「おばあさん。そこ、拭《ふ》かせてください」

「えらいねぇ。お嬢さんは、さっき自走担架《じそうたんか》で運ばれてた女の子だろ。こんな子供が行き倒れて、病院で掃除なんてかわいそうに。親はいったい何をしてるのかねぇ」

「あはは」

モモは笑ってごまかした。

このおばさんは、モモの父親が銀河《ぎんが》の帝王ギド・ルシオン・デビルークだと知ったら、どんな顔をするだろう。

「メリッサ先生、厳しいねぇ」

「あら、メリッサ先生、優《やさ》しいですよ。愛想《あいそ》は良くないけど、倒れた私を助けてくださったんですよ。それに、掃除は私が言い出したことなんです」

「メリッサ先生、恋人と別れてからもうずっと元気がなくて、あんなふうに不機嫌《ふきげん》な女の人になってしまったんだよ。今日はお嬢さんのおかげで楽しそうだ」

患者たちが口々に話している。

「メリッサ先生、恋人がいたんですか!?」

「ああ、大戦に行ったんだよ」

「その人、今どうしてるんですか!?」

「さあ、大戦が終われば帰ってくると約束をしてたらしいけど。結局は戻ってこなかったってことだ。なんでも、デビルーク王の忠臣《ちゅうしん》として働いた、歴戦の英雄だとか聞いたことがあるな」

「メリッサ先生は、まだ恋人を待ってるんじゃないのかね？　毎年、終戦記念日に休みを取ってるだろ」

「ああ、約束の丘で、一日ぼーっと座って、空を見上げているって、ナースが言っていた」

デビルーク王の忠臣。歴戦の英雄。それはボーナムのことではないのか。知り合いどころか、メリッサ先生は、ボーナムの恋人だったのだ。

そういえばメリッサは、モモがボーナムのことを話したとき、なつかしそうに笑っていた。

モモはポケットを探った。ペンダントの硬い感触が指先に触れた。侍女《じじょ》に渡そうと思いながら持ってきてしまった。

このネックレスは廊下の、モモとナナがケンカしたあたりに落ちていた。これはたぶんボーナムの落とし物。

このホログラムは、ボーナムとメリッサの若い頃の写真だろう。だから、メリッサをどこかで見た気がしたのだ。戦争が終わって十年以上も経《た》つのに、ボーナムは、ずっとメリッサを愛し続けていたのか。

「恋って、すごいんですのね」

「あははっ。お嬢さんみたいな子供がそういうことを言うと、おもしろいな」

「もうっ、子供扱《あつか》いしないでくださいねっ」

言いながらモモは、患者たちの輪を離れる。モップを洗って搾《しぼ》れば、廊下の掃除は終わりだ。

メリッサの部屋に行って報告する。

「メリッサ先生、廊下の掃除、終わりました」

机に向かい、顕微鏡《けんびきょう》をのぞきこみ、化学式を書き取っていたメリッサが振り返らずに言った。

「ありがとう。病室のゴミ捨てをお願いしてもいいかしら。みなさん歩くのが大変だから、どうしてもゴミが溜《た》まるのよ。あなたみたいなお嬢さんに頼むことじゃないのだけど」

「自分の部屋のゴミは自分で捨ててますから、平気ですよ」

「ボーナムさんは、ほんとうにあなたを厳しく育てたのね……」

「ふふっ。ボーナムは、厳しいばかりじゃなくて、優しくて涙もろくて、楽しいおじいさんなんですよ」

メリッサは、遠い目をして中空を見つめた。初老の医師は、かつての恋人との思い出にひたっているのだ。

モモは、かけるべき言葉が見つからなかった。

恋人と別れて戦争に行く若くて精悍《せいかん》な青年と、厳しい教育係である一方で、祖父のような優しい世話人である今のボーナムと、イメージがまっすぐには結びつかない。

ボーナムは、メリッサとのツーショットホログラムをずっと大事にしていた。

誤解があるのではないだろうか。だが、ボーナムが私たちのそばにずっといて、ドツイ星へ帰る気配がなかったのも事実だ。

「メリッサ先生は、結婚しなかったんですか？」

「そうよ。未《いま》だに独《ひと》り身《み》よ。もしも結婚していたら、あなたよりも大きい子供がいたでしょうね」

十二歳のモモは何も言えない。モモはメリッサにおじぎをして退出した。

☆

「ブルグマンシア、話を聞いて。あなたたちの葉が欲しいの。私はあなたたちの敵じゃないわ」

モモは、花たちに話しかけていた。用事のあいまあいまに外に出て、ブルグマンシアを説得するのだが、花はモモを無視している。

四回目の説得も手応《てごた》えがなく終わった。

モモがあきらめて踵《きびす》を返すと、病院のエントランスに出てきたメリッサが声をかけた。

「お昼よ。休憩にしましょう」

「あ、はいっ。ありがとうございます」

「病院って忙しいでしょ？　疲れない？」

「平気です」

掃除に洗濯物の取りこみ、ゴミ捨て、検温のお手伝い。用事は山ほどあった。

よく働いたせいか、シチューとパンのランチはおいしかった。

「このシチュー、すっごくおいしい」

クリニックの厨房《ちゆうぼう》で、コックが作ってくれたシチューは、お世辞抜きにおいしかった。宮廷《きゆうてい》料理人の作る手のこんだ料理とは違うが、さっぱりした味つけで、胃に染《し》みるようなおいしさがあった。

「モモさんなら、もっとおいしいものを食べているでしょうに」

「そりゃ、パーティとか特別な日はごちそうが出ますが、普段の食事は普通ですよ」

パーティに出席している両親は、今頃どうしているだろう。

もう王宮《おうきゅう》は、モモの不在に気づいているはず。怒っているだろうか。心配しているだろうか。

王宮は大騒ぎになっているのではないだろうか。ボーナムは無理をしていないだろうか。

——無断で王宮を出たこと、怒られるだろうな。お父様って、怒ると怖《こわ》いのよね。

「患者のみなさん、モモさんのこと、誉《ほ》めてるわよ。しとやかで上品なのに、明るくてかわいいって。かいがいしくて、よく気がつく女の子だって。て言っているわ」

「そんな……ほんとうのこと、言わないでください。照れてしまいます」

モモは両手で頬《ほお》を押さえてはにかんだ。

メリッサは目を細めてモモを見た。

「私もモモさんみたいにかわいらしいところがあればよかったのかも……。仕事仕事だっ
たから……。素直《すなお》になれたらよかったのに」

「え？」

「ううん。なんでもないのよ」

メリッサは、モモの背後にボーナムを見ている。

――メリッサ先生、今でもボーナムが好きなのかしら？　好きなのね。きっと。

――もしも二人に誤解があるとしたら、私がその誤解を解《と》くことはできないかしら。

「あのう先生。私、こんなのを持っているんです」

モモは、ポケットからペンダントを取りだし、ホログラムを空中に表示させた。

「えっ!?」

メリッサは動揺した。手からスプーンが落ち、お皿の上でカタンと鋭《するど》い音を立てた。

「これをどこで？」

「デビルークの王宮で拾いました。私は、モモ・ベリア・デビルーク。デビルークの第三王女です。ボーナムは私の教育係です」

「やっぱりね。そうじゃないかと思っていたわ」

「これ、ボーナムとメリッサ先生じゃないんですか？」

「さあ、どうかしらね」

「ボーナムは、先生のことが今も好きです」

「そんなはずはないわ。あの人は、私を置いて戦争に行ったのよ。男の戦いに口を出すなって。戦争が終わったら結婚しようと言ったけど、約束の丘には現れなかったわ」

メリッサは、表情が抜け落ちたような顔をしていた。絶望も悲しみも寂《さび》しさも時間とともに削《そ》げ落《お》ちて、あきらめだけが残ったような、そんな表情だ。

そのとき、陽《ひ》が翳《かげ》った。

「えっ!?」

モモはあわてて外に飛び出した。

真っ黒な戦闘タイプの宇宙船が、空中を旋回《せんかい》している。この黒い宇宙船は、歴戦の英雄、雷鳴《らいめい》のボーナムの愛機、サンダーボルト号ではないのか。

——ボーナムったら。腰が痛いんだから、王宮でじっとしていたらいいのに！

「ボーナム。私はここよ!!」

モモはボーナムに向けて手を振った。

「モモ様ーっ。今助けに行きますぞーっ!! どこにおられますかーっ。誘拐犯はどこですかーっ」

スピーカーで増幅されたボーナムの声が響《ひび》き渡《わた》った。ボーナムはシールドに気づいていない。

「え？ ゆ、誘拐？ どうして？ ちゃんとコスモタンポポを飛ばしたのに!?」

ボーナムは、コスモタンポポのメッセージを受け取っていないのではないか。コスモタンポポの帰巣《きそう》本能は強く、確実に届くものの、いつ届くかはわからない。通信機で連絡しておくべきだったのだ。

ボーナムは、モモの宇宙船の操舵《そうだ》記録だけを見て、ドツイ星にやってきたのだ。そして、モモが誘拐されたと誤解している。

シールドは、こちらからは上空が見えるが、上空からは岩山のつらなりにしか見えない。モモがここにいることはボーナムにはわからない。

ボーナムに通信しようとするのだが、メリッサが貸してくれた通信機は、周波数をあわせる旧式だ。

「あーん。すぐに使えないじゃないのっ」

あせりながら周波数をあわせるが、通信する時間はなかった。

宇宙船の下部にあるミサイルの照準装置が、対象を探すかのように動いているのが見てとれた。

「ナニ？」「コワイ」「コワイヨ」

ボーナムの殺気にあてられて、ブルグマンシアが動揺している。

「落ち着いて。ブルグマンシア、怖《こわ》くないから！」

「このシールドは何だっ!?　モモ様っ。いますぐ助けに行きますぞーっ」

偏光《へんこう》シールドで隠された病院は秘密めいているし、怒ったボーナムの目には誘拐犯がアジトを擬装《ぎそう》しているように見えるのだろう。

視界に映《うつ》る宇宙船がどんどん大きくなっていく。シールドを突破して着陸態勢に入ろうとしている。宇宙船は磁場《じば》の影響か、右に左にと大きく揺れながらも、ポートに向かって飛んでいく。

「だめーっ。ボーナム。磁場につかまって墜落《ついらく》するわ！」

老《お》いたりとはいえ、雷鳴のボーナムの操舵術は確かだった。オートパイロットを手動に切《き》り替《か》え、空中で逆噴射をかけて進路を無理矢理に変更し、ポートに到着してのけたのである。

「きゃっ」

逆噴射の風がモモを襲《おそ》う。飛ばされそうで、しゃがみこんで耐《た》える。

「コワイ」

恐怖したブルグマンシアが、ついに精神攻撃波を放《はな》った。

『モモ、大丈夫かい？　ダンスを踊ろう』

タキシードの紳士の幻覚がモモに向かって手を伸ばす。

この手を取ってしまうと最後だ。

「いいえ、私は踊らない！」

いま、モモがすることは、ブルグマンシアを守ること。そしてボーナムとメリッサに、誤解を解いてもらい、素直になってもらうこと。

そのためには、心地《ここち》の良いまぼろしにひたって甘い夢を見ているヒマはない。

ポンッと栓《せん》を抜いたような音がして、ブルグマンシアがいっせいに根を引き抜き、精神攻撃をやめて歩き出した。

逃げようとするブルグマンシアの前に回りこみ、両手を広げて止める。

「逃げないでっ。枯れてしまうわ」

ブルグマンシアはモモを突き飛ばして逃げていく。葉の先に触れて肌《はだ》が切れ、その傷から血が滴《したた》る。

ピンクの花がいっせいに移動する様子は、雪崩《なだれ》を起こしたようだ。

「お願い、話を聞いて。逃げないで」

モモはそれでも花を止めようとして立ちふさがる。

花に突き飛ばされるときの殴《なぐ》られるような衝撃《しょうげき》に顔をしかめながらも、一輪のブルグマンシアに抱きついた。ドレスはボロボロ、すり傷と打ち身だらけで、髪までも砂まみれだ。

「お願い。話を聞いて。怖くないから。あなたたちを傷つけないと誓うから」

「……コワク、ナイ?」

花が返事をした。

ブルグマンシアがはじめてモモの言うことを聞いてくれた。

「そうよ。怖くないわ。周囲は岩山よ。土はないのよ。越えられないから枯れてしまうわ。戻って。お願い」

「カレル?」

花たちが動きを止めた。

「ワカッタ、モドル」

岩を伝いのぼっていたブルグマンシアが、ザワザワと音を立てながらいっせいに移動して、花畑へと戻っていく。

頭痛と打ち身と傷で、モモはよろよろになって座りこんだ。

「話を聞いてくれてありがとう」

そのとき、宇宙船のハッチをあけ出てきたボーナムが、ポートに仁王立《におうだ》ちして叫んだ。

「モモ様っ。ご無事かーっ!! どこにいらっしゃる!? じいやが助けに参《まい》りましたぞー」

モモはあわてて立ちあがった。

病院から出てきたメリッサは叫んだ。

「なんてことをするの!? 花が枯れるところだったのよっ!! 私の研究を無にするつもり!?」

「おまえが誘拐犯かっ!?」

「なんで私がモモさんを誘拐しなきゃならないのよっ!? 私はモモさんを保護したのよ。あなたは何年経《た》っても変わらない！ 私の話を聞こうとしないっ!!」

「おまえ、まさか、メリッサか……。この病院で働いているのか？」

「モモさんを連れて、出ていって！ あなたと話すことはありません」

メリッサは険《けわ》しい表情を浮かべてボーナムを睨《にら》みつけている。

ボーナムはヘルメットとゴーグルをしているので、どんな表情を浮かべているのかもわからない。

せっかくの再会なのに、二人は誤解を引きずったままだ。それどころか、花を台無しにされそうになったメリッサは怒《いか》り心頭《しんとう》に発していた。

ブルグマンシアの精神攻撃波が二人に届いていたら、秘めた気持ちを露《あら》わにすることができたのに。精神波が届く距離が、あるいはもっと長かったら……。

そのとき、ポケットの中にある硬《かた》いものが、モモの手に触れた。ドライバーだ。宇宙船が墜落したさい、修理しようとがんばったあと、なんとなくポケットに入れた。

――そうだわっ!!

通信機がある。ホログラムもある。両方とも旧式の古いもので、しくみは至《いた》って単純だ。それに、秘められた気持ちを露わにする力を持つ花たちがいる。ブルグマンシアの精神波は電波の一種。だったら、機械にだって効《き》くはずだ。

――やってみるしかないわ。

モモは、ドライバーを使って、通信機のフタをあけコードを取り出してペンダントとつないだ。

「モモ、ケガ、ヘイキ?」

ブルグマンシアが心配そうに聞いてきた。

「私は平気よ。でも、心をケガして素直になれない大人《おとな》たちが、あそこに二人いるの。あなたたちの力を貸してほしいの」

「チカラ、カス」

「この通信機に精神波攻撃をかけて」

「ワカッタ」

花が揺れた。モモよりも背の高い花たちが、いっせいに歌い出すように揺れるその様子は、童話のワンシーンのように幻想的だ。

幻聴《げんちょう》が鳴り響く。植物感応力のもっとも強いモモがいちばん影響を受けるのだが、心を強く持って幻覚をやりすごす。頭の中を直接いじられるような鋭い頭痛に襲われるが、覚悟の上だ。

モモは、通信機を高く掲《かか》げた。

空中に、ホログラムが映し出される。

若く美しいメリッサが、誰かと手を取りあって踊っている。

「え？　あ、あれは……メリッサ……」

「なんで？　どうして？　私がいるわ」

これはネックレスに残っていた残留記憶。ブルグマンシアの精神波は、秘められた思いを露わにする。通信機で精神波を受信し、それをホログラムを通じて、立体動画にして映し出す。

『戦争に行くの？　私を置いて戦争に行くの？』

メリッサは、こちらをじっと見つめている。きらきらする瞳《ひとみ》は、深い湖のように青く輝いていた。

『男の戦いに口を出すな。心配なんてしなくていい（俺は必ず帰ってくるから）』

これはボーナムから見たメリッサの映像。本来、ホログラムは静止画像が映るだけ。だがいまは、音声つきの動画で、しかもボーナムの心の声まで二重になって聞こえてくる。

モモがブルグマンシアと起こした、奇跡のような再生動画。

ネックレスを長く持っていたのはボーナムなので、ボーナム視線の動画になっている。

『心配なんかするもんですか。私は研究をしなきゃいけないの。ボーナムなんか知らない。勝手に死ねばいいのよ』

『ああ、勝手にするよ（俺が帰るまで、待っていてくれないか）』

ボーナムの本音《ほんね》が、二重になって聞こえてくる。

「あなた、そんなことを考えていたの？」

「なんでこんな動画が映るんだ……？」

二人とも、信じられないという顔つきで、空中に投射されるホログラムを眺《なが》めている。

『戦争が終わった日、約束の丘に行くから（プロポーズするから）、メリッサがまだその気があるなら、丘で会おう（絶対来てくれ）』

『ええ、いいわ。気が変わったら、約束の丘に行ってあげるわ』

ボーナムから見たメリッサは、とても綺麗《きれい》で、イキイキして、ステキな女性だ。現在の彼女が纏《まと》っている物憂《ものう》げな色はない。

「私、ギド様の銀河《ぎんが》統一の演説を銀河テレビで見て、約束の丘に行ったのよ。でも、あなたは来なかった」

「すまない。ギド様の忠臣《ちゅうしん》としては、席を離れることができなかった。俺の姿も銀河テレビに映っていたはずだが。メールしただろ。一週間後に約束の丘に行くって」

「メールは開封せずに削除《さくじょ》したわ。言《い》い訳《わけ》なんか聞きたくないと思ったの」

「俺は、銀河統一の一週間後、約束の丘でずっとおまえを待っていた」

「私は、銀河統一の日、約束の丘でずっとあなたを待っていたわ。毎年終戦記念日には、約束の丘で空を見上げてすごしていたのよ」

ボーナムは言葉が足《た》りず、メリッサは素直さが足りなかった。

二人はすれ違いを重《かさ》ね、張ったままの意地がほどけないままに、十数年が経過した。

「誤解だったのか？」

「誤解だったのよ」

ボーナムがゴーグルを外《はず》し、ヘルメットを取った。

二人はどちからともなく抱きあった。

「おまえのことを忘れたことはなかった」

「私はあなたに捨てられたのじゃなかったのね」

「捨てるものか。俺はいまでもおまえのことを思い続けている」

「私もかわいげがなかったわ。薬を作るのが私の使命よ、なんて言ったのだもの。医師の仕事を続けながら、あなたと結婚することだってできたのに」

二人は手を取りあい、熱い瞳で見つめあって、長いあいだの空白を埋《う》めようとしている。

頑固《がんこ》で照れ屋のボーナムが、ブルグマンシアのおかげとはいえ、こんなにも素直に心の内を話している。ボーナムはきっと、正気に戻ってから赤面することだろう。

「俺は、メリッサが忘れられなかった。ずっと愛していた。いまでもおまえを愛している」

「私もよ。あなた」

「結婚してくれないか？　おまえに相手がいなかったら、だが」

「うれしい。あなた。夢がやっと叶《かな》ったわ。私はずっと独《ひと》り身《み》で、あなたを愛し続けていたのよ」

モモは、ブルグマンシアに話しかけた。

「ありがとう。あなたたちのおかげよ。怖い思いをさせてごめんなさいね」

「ヘイキ」

ピンク色の花たちは、花を前後に振って合図した。

「あの二人って、お似合いよね？」

話しかけると、花がうなずいてくれる。心は完全に通《かよ》いあったのだ。モモはすっかりうれしくなった。

「保存カプセルに入ってくれる？」

花たちが揺れた。誰がカプセルに入るか、相談しているようにも見える。

「イイヨ」

返事をしてくれた花をカプセルに収める。自分の身長より背の高い植物が、小さなカプセルに吸いこまれていくところは、ちょっと不思議な光景だ。

モモの背後から声がした。

「お似合いだな」

父の声だ。振り返ると、父であり、銀河の帝王であるギド・ルシオン・デビルークその人がいた。背後には、親衛隊《しんえいたい》のブワッツとマウルをしたがえている。ナナは、反重力昇《しょう》降《こう》装置から飛び降りて、手を貸そうとしたザスティンをあわてさせている。

「モモ！　あたし、心配したんぞっ」

ナナが駆け寄ってきて、モモに抱きついた。

ブワッッとマウルが反重力昇降装置を飛ばしていた。花畑の真ん中に墜落した宇宙船の中に入る。修理をしてくれるのだろう。

「心配かけんな。じゃじゃ馬！」

ギドがモモを叱《しか》りつけた。

「お父様っ。ごめんなさいっ」

「泥だらけだぞ。拭《ふ》きなよ」

ナナがくしゃくしゃになったハンカチを差し出した。モモはありがたく受け取った。

「お父様、ナナ。勝手なことをしてごめんなさい。でもこれには事情があって」

「ああ、説明はいい。コスモタンポポを受け取っているから、事情はわかっている。薬草採集っていうのは、ボーナムの腰の薬だろ。さっき怒ったのは、俺たちに心配かけさせたことに対して怒ったんだ。反省してるならそれでいい」

「お父様、パーティはどうしたんですか？」

「中座してきた。おまえの母親とララがいれば、俺ひとり中座しても失礼にはあたらないからな」

「それにしても早いですね」

「ワープしたら一瞬だ」

「モモ、薬草を取りに行こうとしたのは、ボーナムとあたしのためだろ。ありがとう、モモ」

ナナが半泣きで、頰《ほお》をスリスリしてきた。

「ナナがしょげてると、私まで心配になるから、私のためでもあるの。泣くのはやめてよ」

モモはナナの頭をよしよしと撫《な》でた。

「いちばんしょげてたのはボーナムだぞ。ボーナムは、コスモタンポポが来る前に、操舵記録だけを見て飛び出して行ったんだぜ。『モモ様ーっ。いま助けに行きますぞーっ』って。腰にシップ貼《は》って、医者に痛み止めの注射してもらって、メカニカルサポーターでぐるぐるにして。あたしは止めたのに」

ナナが言った。情景が目に浮かぶようだ。

「ふふっ。ボーナムらしいです」

ボーナムはポケットを探っておろおろしている。

「おまえをわすれていなかった印《しるし》がここに……あ、あれ？　ないっ!?」

「はいっ」

モモは通信機からネックレスを取り外すと、ホログラムを最大表示してみせた。

若い二人が身体《からだ》を寄せあい、Vサインをしている映像が空中に表示される。それも建物ほども大きい映像だ。

　声にならないどよめきが走った。

「ボーナムさんがダブルピースですか？」

　ザスティンがうなった。

　モモの小型宇宙船に乗り、修理をしているブワッツが何事かとばかりに顔を出し、ホログラムを見てあきれた声をあげた。

「雷鳴のボーナムじゃないかっ」

「何を騒いでいるんだ？　うっ。こんなに綺麗な恋人がボーナムさんにっ!!」

　マウルが悲鳴をあげた。

「わーっ。モモ様ーっ。それは見せないでくだされっ!!　じいやの秘密ですのじゃっ。あっ。もしかして、さっきの動画はモモ様のしわざであられるかっ!?」

「ふふっ。どうかしら？」

「……あだっ、あだだっ、い、痛いっ、ううっ。い、痛み止めが切れ……、うぐがぁっ」

「大変。いますぐ自《じ》走担架《そうたんか》を呼びます。ドクターとして命令します。いますぐ入院しなさい。私が治療してあげます」

　メリッサが言った。再会を喜ぶ恋する女性から、厳格なドクターへと、一瞬で顔つきが変わった。

「ボーナム、命令だ。休暇をとれ」

「ギド様っ!?」

ボーナムは、いまはじめてギドの存在に気づいたらしく、驚きの表情で振り返った。

ボーナムはギドの前で片膝《ひざ》をつき、右手の握《にぎ》り拳《こぶし》を左手のひらに打ちあわせる戦士の礼をした。

「腰が治るまで入院しろ」

「ハッ。ご命令とあれば……。ありがとうございます。ギド様」

自走担架が病院の扉を開けて走ってきた。シャベルのような形に変形し、ボーナムをすくいあげると、再び担架の形に戻り、もときた道を帰っていく。

「ボーナム、返しますっ」

モモはロケットを閉じると、担架に向かってネックレスを投げた。金色の鎖《くさり》はきらっと光って、点滴をさげるための棒に引っかかり、くるくると回りながら落ちていった。

「ありがとうございます。モモ様」

「マウル、ブワッツ。モモの宇宙船は、修理できたか？」

「はい。応急処置ですが恒星《こうせい》間飛行は可能です。ですが念のため、私たちが運転することにします」

「モモ、俺たちの宇宙船に乗れ」

「宇宙船、どこにあるんですか？」

「岩山の向こうの上空で待機している。……さ、帰ろう」

「私、帰ったらシャワーを浴びたいです」

「ドロドロになってしまったな。おしゃれなおまえが、そこまでするとはな」

「父上。モモは、一途《いちず》な女の子なんだぞ」

ナナが言った。父がモモとナナの背中を軽く叩《たた》いた。

ザスティンに手を貸してもらって反重力昇降装置に乗る。家族三人とザスティンを乗せた昇降装置が浮かびあがった。

視界がどんどんあがっていき、ボーナムの自走担架が、岩肌《いわはだ》の扉の向こうへ吸いこまれていく様子が見える。

メリッサが、扉の前に立ち、ていねいなおじぎをしている。モモはメリッサに手を振った。

「メリッサ先生、さよなら。ありがとう！」

うれしくてせつなくて、優《やさ》しい気持ちを乗せて、宇宙船は一路《いちろ》デビルークを目指《めざ》している。

■初出
To LOVEる－とらぶる－ダークネス
Little Sisters〈りとしす〉　書き下ろし

[To LOVEる－とらぶる－ダークネス] Little Sisters〈りとしす〉

2012年8月22日　第1刷発行
2015年1月20日　第7刷発行

著　者／矢吹健太朗◉長谷見沙貴◉ワカツキヒカル

編　集／株式会社　集英社インターナショナル
〒101-8050　東京都千代田区一ツ橋2-5-10
TEL　03-5211-2632(代)

装　丁／武藤多雄＋菅原　彩 [Freiheit]

編集協力／添田洋平

発行者／鈴木晴彦

発行所／株式会社　集英社
〒101-8050　東京都千代田区一ツ橋2-5-10
編集部03-3230-6297　読者係03-3230-6080
販売部03-3230-6393（書店専用）

印刷所／凸版印刷株式会社

Printed in Japan　ISBN978-4-08-703271-0 C0093

検印廃止